Geier über der Wüste Ägyptens

Werner Hanitzsch

Geier über der Wüste Ägyptens

Ein junger DDR-Ingenieur
zwischen den Fronten von Stasi und BND

Erzählung

Recherchiert und aufgeschrieben von Werner Hanitzsch

Bibliografische Information der Deutschen Bibliothek:
Die Deutsche Bibliothek verzeichnet diese Publikation in der Deutschen
Nationalbibliografie; detaillierte Informationen sind im Internet über
<http://dnb.ddb.de> abrufbar.

© 2005 Werner Hanitzsch
Herstellung und Verlag: Books on Demand GmbH, Norderstedt
ISBN 3-8334-3633-6

Inhalt

Vorwort

Ein junger Elektronik-Ingenieur, gebürtig aus Riesa bei Dresden, arbeitet in Kairo und kommt bei einem Ausflug in die Wüste auf sehr mysteriöse Art und Weise zu Tode. Meine Recherchen brachten sehr eigenartige Hintergründe zu Tage.

Die hier geschilderten Ereignisse entsprechen den tatsächlichen, grundlegenden Geschehnissen.

Alle Namen und die Rahmenhandlungen sind frei erfunden. So könnte es abgelaufen sein.

Es ist nicht die spektakuläre Geschichte eines knallharten Agenten, sondern das Schicksal eines sympathischen jungen Mannes, welcher durch Zufall in die Fänge eines menschenverachtenden Systems gerät. In dieser Zeit, wo sich diese Geschichte ereignet hat, hätte es jeden jungen Mann in der DDR genauso treffen können. Eventuelle Ähnlichkeiten mit lebenden Personen sind rein zufällig.

Prolog

Herbst 1968, Fred Rastel, ein Elektromeister aus Dresden, bereitet sich auf seine nächste Dienstreise nach Ägypten vor. Im Auftrag des DDR- Außenhandels hat er des öfteren in Kairo zu tun. Gedankenverloren schaut er aus dem Fenster seiner Wohnung in der Kesselsdorfer Straße in Dresden-Löbtau. Missmutig registriert er den Straßenlärm, das Rattern und Quietschen der Straßenbahn sowie das regnerische Wetter. Es ist kühl und dunkel draußen. Kein einziger Sonnenstrahl durchdringt die geschlossene Wolkendecke. In seinem Inneren freut er sich schon, endlich wieder in wärmere Gebiete reisen zu können. Auch in der Wohnung ist es zu dieser Jahreszeit teilweise schon recht ungemütlich kühl. Der große gelbe Kachelofen steht wie zur Dekoration in der Zimmerecke, als warte er auf seinen Einsatz. Er wird noch nicht geheizt, es lohnt sich einfach noch nicht, denn mit dem Brennmaterial muss sparsam umgegangen werden. Der Winter ist lang und die Brikettzuteilung nicht besonders reichlich. Der zusätzliche Kauf von HO-Briketts zum erhöhten Preis ist nicht immer möglich, denn wenn der Winter streng und lang ist, sind die Kohlenplätze oftmals leer.

»Scheußliches Wetter,« spricht Fred Rastel leise vor sich hin, »das einzige Übel, was man dem realen Sozialismus nicht anlasten kann«.

Es läutet an der Wohnungstür. Seine Frau öffnet und bringt ihm nach wenigen Augenblicken einen Besucher in das Zimmer.

»Verzeihen Sie, dass ich Sie störe, Herr Rastel. Mein Name ist Vertan, Max Vertan, Fotomechanikermeister aus Riesa. Darf ich ein paar Minuten mit Ihnen sprechen ?«

»Bitteschön Herr Vertan, nehmen Sie Platz. Um was geht es denn?«

»Von einem Berufskollegen aus Dresden hörte ich, dass Sie des öfteren in Kairo zu tun haben und kurz vor einer erneuten Dienstreise dahin, stehen. Ich habe mehrmals versucht, wegen einer dringenden Angelegenheit eine Reiseerlaubnis zu erhalten. Vergebens. Es wird immer wieder abgelehnt. Vorsprachen sind vollkommen zwecklos. Nun bin ich so verzweifelt, dass ich nur versuchen kann, einen Dienstreisenden zu finden, der liebenswürdigerweise für mich ein paar Fragen in Kairo klärt.«

Fred Rastel schaute seinen Besucher verständnislos an:

»Ja, was haben Sie denn für Probleme in Kairo, dass Sie so verzweifelt sind? Wenn es mir möglich ist, will ich gerne versuchen, Ihnen zu helfen.«

Aus seiner kleinen Aktentasche aus Kunstleder, welcher man schon ihr Alter und den langen Gebrauch ansah, kramte Max Vertan umständlich einen Gegenstand, welcher aussah wie ein abgerissenes Stück Packpapier. Mit zitternden Händen schob er das Stück Papier wortlos über den Tisch. Erstaunt las Fred Rastel:

Mein letzter Wille.

Ich, Eberhart Vertan, geboren am 23.04.1936 in Riesa, z.Zt. wohnhaft in Kairo-Zamalek, Sharia Aziz Osman Nr. 6, verfüge hiermit für den Fall, dass mir etwas zustößt, dass mein gesamtes Eigentum, einschließlich meines gesamten Geldes, meine Freundin Jasmina erhalten soll.

Meine Ehefrau Elvira erhält nichts.

Kairo, am 2.6.1967   Eberhart Vertan

Fragend blickte Fred Rastel seinem Besucher ins Gesicht.

»Was ist das denn?«

»Dieses eigenartige Testament hat mir ein ehemaliger Arbeitskollege meines Sohnes Eberhart geschickt. In Kairo muss etwas geschehen sein, was ich mir überhaupt nicht erklären kann. Alles, was ich weiß ist, dass mein Sohn Eberhart, der schon mehrere Jahre in Kairo lebte, im vergangenen Jahr mit einem Freund einen Pfingstausflug in die Wüste gemacht hat. Dort ist er, angeblich durch eigenes Verschulden, verunglückt. Er und sein Freund sind dabei ums Leben gekommen. Allerdings erhalte ich keinerlei Informationen darüber. Ich weiß nicht, wo er beerdigt wurde und wie es meiner Schwiegertochter geht. Sein Freund Frank Tußmann, welcher auch dabei umkam, stammt aus unserer Gegend. Seine Mutter kenne ich sehr gut. Sie ist völlig verzweifelt. Auch ihr zuliebe möchte ich gerne etwas Licht in diese Angelegenheit bringen. Leider erhalte ich keine weiteren Informationen. Zu allem Überfluss hatte ich vor einiger Zeit einen seltsamen Traum. Ich sah eine Wüstenlandschaft in gleisender Sonne. Über einem bestimmten Punkt kreisten Geier. Ich bin zwar sonst nicht so abergläubisch, aber in diesem Fall macht mir der Traum schon Angst. Eberhart war ein alter Fuchs und alles andere als leichtsinnig. Auch dieses Testament ist mir völlig unverständlich. Diese Eile, mit der es wahrscheinlich geschrieben wurde und die Tatsache, dass er seine Frau enterbt hat.«

Max Vertan machte einen sehr besorgten und zerknirschten Eindruck. Frau Rastel brachte Kaffee. Während sie einschenkte, zündeten sich beide Männer eine Zigarette an.

»Erzählen Sie mir etwas von Ihrem Sohn,« forderte Fred Rastel seinen Besucher auf. »Wie kam er nach Kairo und was tat er dort?«

Während eine starke Windböe den Regen gegen das Fenster peitschte und der Kaffee in den Tassen dampfte, begann Max Vertan nach einigen Augenblicken der Sammlung, in denen beide gedankenverloren den Rauchschwaden der Zigaretten nachschauten, zunächst stockend und immer wieder nachdenkend, zu erzählen.

Kapitel I
Die erzwungene Entscheidung

Vorgeschichte

Eberhart wurde 1936 geboren. Seine Kindheit und Jugendzeit wurde vom Krieg und der Nachkriegszeit überschattet. Als der Krieg zu Ende ging, war er gerade neun Jahre alt geworden. Das Ende der Schulzeit und die Lehrausbildung als Feinmechaniker wurden geprägt von dem sich entwickelnden Sozialismus in der DDR. Die Jugendzeit war reich an Entbehrungen und an Verzicht. Die Jugendlichen langweilten sich entsetzlich. Fernsehen hatten wir noch nicht. Der Jugendtanz im FDJ-Club war sozialistisch eingefärbt, es durfte nur ein geringer Prozentsatz westliche Musik gespielt werden. Das wurde streng kontrolliert und ödete die Jugendlichen an. Mit einem Auge schielten die doch immer nach dem Westen. Man konnte es ihnen auch nicht verdenken.«

Nachdenklich nahm Max Vertan einen Schluck Kaffee und fuhr dann fort:

»Eines Tages, es war im Sommer 1956, saß Eberhart wie so oft am Fenster und schaute verträumt über die Elbe, die hier in einem großen Bogen gemächlich dahinfloss. Das Wasser war braun und schmutzig, spiegelte aber trotzdem den herrlich blauen Himmel und die Sonne, welche es an diesem Tag besonders gut meinte. Ja früher, als er noch Kind war, ging er an solchen Tagen mit seinen Freunden in die Elbe baden. Daran war natürlich überhaupt nicht mehr zu denken. Er hatte vor kurzem seine Ingenieurprüfung im Fernstudium abgelegt und genoss seine neugewonnene Freizeit. Die großen Getreidemühlen aus der Nachbarschaft sandten ihr monotones Klappern und Brummen zu Eberhart's Fensterplatz, sodass er richtig schläfrig wurde. Plötzlich sagte er unvermittelt:

»Weißt Du was, Papa, ich muss hier unbedingt mal raus, sonst werd ich verrückt.«

»Was willst Du denn machen, Eberhart?«

»Hast Du schon mal was von Camping gehört?«

»Ja natürlich, nur wir haben einfach Zelten dazu gesagt.«

»Siehst Du, und nun heißt es Camping. Es kommt ganz groß in Mode. Auch in der DDR werden so nach und nach Campingplätze eingerichtet. Nächste Woche hab ich Urlaub. Ich werde nicht, wie geplant, zu Tante Martha fahren, sondern ich nehme mein kleines Zelt und fahr an einen See in der Nähe Berlins. Ich hab auch schon bei Frank Tußmann nachgefragt, ob er nicht mitkommen möchte, aber er bekommt zur Zeit keinen Urlaub. So fahr ich eben allein.«

»Weshalb gerade nach Berlin?« fragte ich ihn.

»Da kann ich doch mal mit der S-Bahn nach Westberlin fahren. Ich möchte mir gerne einmal ansehen, wie es dort aussieht.«

»Ja, diese Möglichkeit nutzten damals viele Leute,« meinte Fred Rastel zu seinem Besucher, »bis es durch den Bau der Mauer nicht mehr ging. Ich selbst war damals auch oft in Westberlin.«

»Ja, Ja, es gibt wohl nur ganz wenige Leute, die damals nicht ab und zu nach Westberlin gefahren sind, um einmal durch dieses Fenster in die westliche Welt zu schauen,« erwiderte Max Vertan.

Inzwischen war es schon merklich dunkel geworden. Die Dämmerung breitete sich im Zimmer aus und verstärkte die Mystik der Situation. Die Glut der Zigaretten verbreitete einen schwachen Lichtschein, welcher sich bei jedem Zug leicht verstärkte. Nach kurzer Pause, in welcher Max Vertan angestrengt nachzudenken schien, fuhr er fort:

»Also, Eberhart packte seine sieben Sachen und fuhr mit dem Zug nach Berlin-Erkner, wo er irgendwo am Müggelsee sein Zelt aufschlug. Es war zwar noch kein richtiger, organisierter Campingplatz, aber es waren doch schon einige Camper dort. Gleich in den ersten Tagen lernte er dort einen Mann namens Werner Holstein kennen. Herr Holstein war zwar mehrere Jahre älter als Eberhart, aber sie verstanden sich prächtig und freundeten sich an. Werner Holstein interessierte sich sehr für Eberhart's Beruf. Von nun an unternahmen sie alles gemeinsam.«

Der fatale Ausflug

Während Fred Rastel seinem Gast Kaffee nachschenkte, fuhr Max Vertan fort:

»Eines Tages fassten sie gemeinsam den Entschluss, einen Ausflug nach Westberlin zu unternehmen. Schon am nächsten Tag fuhren sie mit der S-Bahn von Erkner, über die Friedrichstraße, bis zum Bahnhof Zoo. Dort gingen sie als erstes in eine Wechselstube und tauschten DM Ost gegen DM West 4 : 1. «

»Dieser Schwindelkurs!« Schimpfte Werner Holstein. Was zwar Eberhart sehr verwunderte, er sich aber nichts weiter dabei dachte. Staunend stand Eberhart vor dem Bahnhof. Es war das erste mal, dass Eberhart im Westen war.

»Das kann doch nicht war sein«, meinte er, »es ist wie ein Märchen aus Tausendundeiner Nacht.«

»Ja,« erwiderte Werner Holstein, »es ist zwar beeindruckend, aber nur eine Glitzerwelt. Der Schein trügt.« Mehr sagte er nicht.

Sie bummelten zum Kurfürstendamm. Besuchten ein Kino, um mal einen richtigen »Westfilm« zu sehen. Schauten sich alle Auslagen und Schaufenster an. Eberhart kam aus dem Staunen nicht heraus. Gegen Abend sagte Werner:

»Weist Du was, Eberhart, ich möchte gern diese Gelegenheit nutzen und noch eine alte Freundin besuchen. 22 Uhr 20 fährt eine S-Bahn ab Bahnhof Zoo. Mit dieser Bahn komme ich. Wir treffen uns im Zug und fahren gemeinsam nach Hause. Bitte sei mir nicht böse.«

»Geht schon in Ordnung. Ich nutz die Zeit und schau mir noch was an.«

Damit verabschiedeten sie sich.

Werner Holstein ging in der entgegengesetzten Richtung davon. Nachdem er sich gründlich vergewissert hatte, dass ihm niemand gefolgt war, verschwand er in einer Nebenstraße in einem Torbogen. Im Hinterhaus klingelte er zweimal kurz und einmal lang an einer Tür im ersten Obergeschoss. Er hörte wie innen der Türspion leise bewegt wurde, dann öffnete sich ihm die Tür.

»Hallo Cousin, schön Dich mal zu sehen, wie geht es denn der Tante Maria?« Nach diesen, für eventuelle Mithörer gedachten Begrüßungsworten, verschwanden sie im Inneren der Wohnung.

»Ich muss dringend mit der Zentrale sprechen,« sagte Werner und ging zum Telefon. Über eine geheime Kenn-Nummer hatte er eine direkte Leitung zu einem Büro im Ministerium für Staatssicherheit. Der angewählte Teilnehmer meldete sich mit:

»Ja bitte?«

»Hier Falke in Sachen Anwer an Veterinär.«

»Moment.«

»Hier Veterinär, was gibt's?«

»Kanditat Adlerflug unterwegs, Eberhart Vertan, S-Bahn 22/30 Friedrichstraße Richtung Erkner, Ende.«

»Verstanden, Ende.«

Nachdem Werner Holstein noch eine Tasse Kaffee getrunken hatte, begab er sich auf direktem Weg zur Friedrichstraße um noch einige Vorbereitungen zu treffen.

Das traumatische Erlebnis

Nachdem Eberhart Vertan noch einige Einkäufe, wie Bier, Zigaretten, Schokolade und ein paar Zeitungen, getätigt hatte, besuchte er noch eine Bar. Er trank noch ein Bier und wunderte sich über diese Preisunterschiede gegenüber dem Handel. Dann wurde es langsam Zeit, zu der vereinbarten S-Bahn zu gehen. Die Nacht war mild und klar. Ein herrlicher Sternenhimmel begleitete Eberhart auf seinem letzten unbeschwerten Weg in Freiheit.

Pünktlich 22 Uhr 20 war er am Bahnhof Zoo und hielt an der S-Bahn Ausschau nach Werner Holstein. Da er ihn nicht entdeckte, stieg er ein, um ihn evtl. unterwegs zu treffen. Er sah aus dem Fenster und genoss die Fahrt. Tiergarten, Bellevue, Lehrter Stadtbahnhof. Dann wurde es draußen dunkel und trostlos. Die Lichter der Werbung verschwanden und man wusste sofort, wo man war. Die Bahn näherte sich dem Bahnhof Friedrichstraße. Eine tiefe Traurigkeit und innere Leere machte sich plötzlich in ihm breit und ergriff sein ganzes Ich. Die düstere, unfreundliche Beleuchtung des Bahnhofes verstärkte noch dieses Gefühl. Er sah zum Fenster hinaus und sah einige Polizisten in dunkelblauer Uniform, welche die Fahrgäste sowohl auf dem Bahnsteig, als auch in den Wagen kontrollierten.

Na, das fehlt mir noch, dachte Eberhart bei sich. Da kamen auch schon zwei Beamte auf ihn zu.

»Grenzkontrolle der DDR, bitte Ihren Personalausweis.«

Nachdem die Beamten einige Augenblicke in dem Ausweis geblättert hatten, fragte einer der Beamten:

»Sie waren in Westberlin?«

»Ja.«

»Was haben Sie gekauft?«

»Etwas Bier und ein paar Zigaretten.«

»Haben Sie Zeitungen bei sich?«

»Nein.«

»Zeigen Sie uns bitte Ihren Campingbeutel, legen Sie alles hier auf den Sitz.«

Mit zitternden Händen räumte Eberhart seinen Campingbeutel aus.

»Sagten Sie nicht, Sie hätten keine Zeitungen bei sich?«

»Ja, das stimmt, an diese Illustrierte habe ich gar nicht mehr gedacht.«

»Packen Sie alles wieder ein, und kommen Sie mit uns zur Wache.«

Eberhart war fix und fertig. Damit hatte er nicht gerechnet. Er dachte noch: Bloß gut, dass Werner nicht gekommen ist, sonst wäre er jetzt auch mit dran.

Eberhart wurde in ein Büro der Bahnhofspolizei gebracht. Der Raum war sehr karg eingerichtet. Ein Tisch mit Telefon und drei Stühlen, das war alles. Von der Decke baumelte ein einfaches Lampenpendel mit einem grünen Schirm und tauchte den Raum in ein diffuses, kaltes Licht.

Schrecklich, dachte Eberhart und ließ sich auf einem der Stühle nieder.

»Moment,« sagte der Beamte und verschloss hinter ihm die Tür.

Mein Gott, was hab ich denn verbrochen, dass ich so behandelt werde? Eberhart war verzweifelt. Mit jeder Minute, die er warten musste, stieg seine Angst und Verzweiflung. Ihm schien es, als seien Stunden vergangen, als sich endlich die Tür öffnete und zwei Männer in Zivil den Raum betraten. Sie nahmen wortlos Platz und kontrollierten den Ausweis von Eberhart, welchen sie mitgebracht hatten.

»Sie sind Eberhart Vertan aus Riesa?«

»Ja.«

»Was machen Sie in Berlin?«

»Ich verbringe meinen Urlaub am Müggelsee.«

»Und was wollten Sie in Westberlin?«

»Na einfach mal die Stadt kennenlernen und einen Bummel machen.«

»Das hätten Sie viel besser bei uns im Osten der Stadt machen können.«

»Na ja, Sie haben natürlich recht, es war blöd. Einfach weil ich es noch nicht kannte, bin ich dahin gefahren. Aber es hat sich nicht gelohnt. Es wäre wirklich besser gewesen, ich wäre am Alexanderplatz bummeln gegangen.«

Mit diesen Worten hoffte Eberhart, die Beamten etwas milder zu stimmen. Er wusste ja nicht, was hier eigentlich in Wirklichkeit gespielt wurde.

»Sie haben im Westen einiges gekauft,« setzten die Beamten das Verhör fort. »Wo haben Sie denn das Westgeld her?«

»Na, das hatte ich noch von meinen Eltern.«

Das war natürlich sehr dumm, aber in diesem Moment fiel ihm einfach nichts anderes ein. Er wusste natürlich, dass es verboten war, Ostgeld gegen Westgeld zu dem sogenannten »Schwindelkurs« einzutauschen.

»Lügen Sie doch nicht,« kam prompt die Antwort. »Ich will Ihnen sagen wo Sie es her haben. Sie waren in einer dieser verbrecherischen Wechselstuben und haben sich Ihr gutes Geld der DDR zu einem Schwindelkurs abnehmen lassen. Damit haben Sie Geld illegal ins Ausland verschoben und in grober Weise gegen das Devisengesetz der DDR verstoßen. Außerdem haben Sie damit dem kapitalistischen Klassenfeind Vorschub geleistet. Die versuchen doch nur, die DDR wirtschaftlich auszusaugen.«

Die Mienen der Männer hatten sich verfinstert und der Ton wurde zunehmend aggressiver.

»Weiterhin versuchten Sie, eine Zeitung in die DDR zu schmuggeln. Wenn man hier durchblättert, kommt einem schon das Kotzen an. Die Zeitung strotzt von Lügen und Verleumdungen gegen unseren Arbeiter- und Bauernstaat. Was hatten

Sie denn mit dieser Zeitung vor? Hm? Damit stehen Sie im Verdacht der verleumderischen Staatsverhetzung, denn es ist mit Sicherheit anzunehmen, dass Sie diese Zeitung weitergereicht hätten. Diese Vergehen sind alle derart schwerwiegend, dass wir Sie zur weiteren Klärung dem Ministerium für Staatssicherheit zuführen müssen. Sie sind vorläufig festgenommen.«

Ohne eine Antwort abzuwarten, erhoben sich die beiden Männer, nahmen den Personalausweis von Eberhart wieder an sich und verließen den Raum. Ein Beamter in Uniform verschloss ihn wieder sorgfältig.

Als Eberhart wieder allein war, fiel er in sich zusammen. Seine Beherrschung verließ ihn, er weinte hemmungslos.

Gegen 6 Uhr morgens wurde er von zwei Zivilisten abgeholt und in einem geschlossenen Fahrzeug abtransportiert. Er war total übermüdet und mit den Nerven am Ende. Er hatte große Mühe, sich auf den Beinen zu halten. Da das Fahrzeug vollkommen geschlossen war, konnte Eberhart nicht sehen, wohin sie eigentlich fuhren. Nach geraumer Zeit, die ihm wie eine Ewigkeit vorkam, hielt das Fahrzeug an. Als er ausstieg, sah er einen großen Innenhof mit mehreren Fahrzeugen. Ringsum hohe Gebäude im stalinistischen Baustil, mit vielen Fenstern.

Die Lüge

Man brachte ihn in einen Raum in einem der oberen Stockwerke, welcher nicht viel anders aussah, als der auf der Bahnhofswache. Wieder wurde die Tür hinter ihm verschlossen und er war mit sich allein. Tausend Gedanken gingen ihm durch den Kopf, aber er war nicht in der Lage, sie zu ordnen.

Was mach ich nur, wenn ich ins Gefängnis muss, dachte er, wie lange wird das dauern. Wie benachrichtige ich meine Eltern und meinen Betrieb. Was wird aus meinem Zelt. Wenn ich nur meinen Freund Werner Holstein informieren könnte, der würde bestimmt alles für mich erledigen.

Die Zeit schlich dahin, Eberhart quälte sich entsetzlich. Die Ungewissheit zermürbte ihn mehr und mehr.

Endlich hörte er Geräusche an der Tür, ein Schlüssel drehte sich im Schloss. Die Tür öffnete sich. Eberhart starrte auf die eintretende Person und wollte seinen Augen nicht trauen.

»Ich glaube ich träume,« sagte er halblaut.

In der Tür stand Werner Holstein.

»Du träumst nicht, Eberhart, ich bin es tatsächlich. Mein Gott, was hast Du denn getan, dass Du so in der Scheiße steckst?«

»Nun sag mir blos mal um alles in der Welt, wie kommst Du denn hierher?«

»Du, ich muss mich erst mal bei Dir entschuldigen, dass ich Dir noch nicht erzählt habe, dass ich Mitarbeiter des Ministeriums für Staatssicherheit bin.«

»Na, das fehlt mir noch.«

»Ich hätte es Dir schon noch erzählt. Aber bisher war dazu noch keine Gelegenheit. Nun ist es allerdings sehr gut, dass ich hier einige Verbindungen besitze. Ich werde Dir bestimmt helfen können. Kopf hoch, wir kriegen das schon hin.«

»Woher weißt Du denn, dass ich hier bin?«

»Leider habe ich gestern die S-Bahn verpasst, sonst wäre das gar nicht passiert. Als Du heute Morgen nicht in Deinem Zelt warst, rief ich meine Dienststelle an, um mich nach Dir zu erkundigen, da ich schon vermutete, dass Du evtl. in eine Kontrolle gekommen sein könntest. Der Genosse erzählte mir von Dir, und da bin ich sofort hergefahren,« log er ihm das Blaue vom Himmel. »Pass auf, Du erzählst mir jetzt in allen Einzelheiten was eigentlich passiert ist und dann sehen wir weiter.«

Eberhart ließ sich tatsächlich täuschen und erzählte ihm die Einzelheiten, die Werner ohnehin schon alle kannte.

»Na das sieht ja wirklich nicht gut aus für Dich, Eberhart.«

»Bitte Werner, kannst Du mir nicht helfen hier raus zu kommen? Mensch, ich habe doch nichts verbrochen!«

»Lass mich mal überlegen.«

Werner Holstein lief in dem Raum auf und ab. Eine ganze Zeit tat er so, als ob er angestrengt nachdenken würde. Unvermittelt blieb er vor Eberhart stehen.

»Würdest Du auch etwas dafür tun?«

»Selbstverständlich Werner, alles was Du willst, die Hauptsache ist, ich muss nicht ins Gefängnis.«

»Das ist sehr gut, Eberhart. Würdest Du auch mit uns zusammenarbeiten?«

»Was meinst Du denn damit, was müsste ich denn tun?«

»Es ist überhaupt nichts Schlimmes, Eberhart. Wenn ich meinem Vorgesetzten melden könnte, dass Du zu uns gehörst und für uns arbeitest, krieg ich Dich auch hier raus.«

»Na gut, Werner, wenn Du meinst, dass das geht, dann machen wir das so.«

»Sehr schön, Eberhart. Ich geh jetzt zu meinem Major und werde mit ihm sprechen.« Während er zur Tür ging, sagte er noch:

»Mach Dir keine Sorgen, wir sehen uns gleich wieder.«

Eberhart machte sich aber doch allerhand Sorgen. Angestrengt dachte er darüber nach, was das wohl für ihn bedeuten könnte. Mitarbeiter des Ministeriums für Staatssicherheit! So schlimm wird es schon nicht sein, dachte er bei sich, auf alle Fälle besser, als ins Gefängnis gehen.

Die veränderte Lage

Etwa eine reichliche Stunde später öffnete sich erneut die Tür. Ein Soldat in Uniform bat ihn mit ausgesuchter Höflichkeit und den Worten:

»Der Genosse Major möchte Sie gerne sprechen«, ihm zu folgen. Eberhart wusste nicht, wie ihm geschah.

Als er das Büro des Majors betrat, erhob sich dieser und kam ihm entgegen. Mit den Worten:

»Guten Morgen Herr Vertan«, reichte er ihm die Hand und bat ihn Platz zu nehmen. Als sie sich gegenüber saßen, begann der Major:

»Es tut uns leid, dass wir Ihnen ein paar unruhige Stunden bereiten mussten, aber wir wussten ja nicht, wer Sie sind und gegen die Feinde unserer Republik sind wir unerbittlich. Genosse Holstein hat mir berichtet, dass Sie unserem Staat und seinen Problemen sehr aufgeschlossen gegenüber stehen und dass Sie darum gebeten haben, bei uns und mit uns zu arbeiten. Hab ich das richtig verstanden?«

Eberhart wunderte sich über diese plötzliche Freundlichkeit von allen Seiten. Er hatte aber keine Zeit, darüber nachzudenken. Zunächst war er sehr erleichtert, dass er straffrei aus dieser Sache rauskommen würde. Das hab ich nur der Hilfe meines Freundes Werner zu verdanken, dachte er noch schnell. Dann beeilte er sich zu antworten:

»Ja, natürlich, Sie haben das richtig verstanden. Wir haben von einer möglichen Zusammenarbeit gesprochen. Allerdings kann ich mir noch nicht vorstellen, in welcher Form so etwas möglich ist und was ich dabei zu tun hätte.«

»Machen Sie sich darüber mal keine Sorgen. Da gibt es sehr vielfältige Möglichkeiten und wir brauchen jeden Menschen in unserem Arbeiter- und Bauernstaat, der guten Willens ist, im Interesse der Sicherung des Sozialismus mit uns zusammenzuarbeiten.«

Er drückte auf einen Klingelknopf und eine Ordonanz erschien.

»Genosse Holstein bitte zu mir«, befahl er.

Wenige Augenblicke später erschien Werner Holstein im Zimmer und setzte sich zu den beiden Männern.

»Genosse Holstein, der Genosse Vertan hat mir bestätigt, dass er bei uns mitarbeiten möchte. Bitte veranlassen Sie alles Notwendige und weisen Sie den Genossen ein.«

Mit diesen Worten erhob sich der Major, sodass Werner Holstein und Eberhart Vertan gezwungen waren, es ihm gleichzutun. Der Major reichte Eberhart die Hand:

»Auf Wiedersehen Genosse Vertan, der Genosse Holstein wird alles Weitere mit Ihnen absprechen. Machen Sie's gut.« Damit waren die Beiden verabschiedet und fanden sich auf dem Flur wieder.

Eberhart atmete tief durch und wusste nicht wie ihm geschah. Er war übernächtigt und wusste nicht, ob er vielleicht doch nur träumte. Ihn fröstelte. Beide gingen in ein anderes Büro, wo sie allein waren.

»Nimm Platz, Eberhart,« sagte Werner. »Hier ist erst mal Dein Ausweis und hier ist Dein Campingbeutel mit Deinen Sachen.«

»Sag mal Werner, hast Du eine Vorstellung, was ich nun machen soll ?«

»Hab keine Bange, Eberhart, das Schlimmste haben wir erst mal hinter uns. Zunächst gehen wir jetzt in einige Abteilungen, um die formellen Dinge abzuwickeln. Dann fahren wir beide wieder zu unseren Zelten und genießen den Rest des Urlaubs. Nach dem Urlaub gehst Du wie immer arbeiten. In Kürze wirst Du von Deinem Betrieb zu einem Lehrgang geschickt, dieser wird von uns organisiert. Dort treffen wir uns wieder und dann erfährst Du mehr über Deine zukünftigen Aufgaben.«

Nach Abwicklung der angekündigten Formalitäten fuhren dann beide wieder zu ihrem Zeltplatz. Eberhart war zunächst einmal froh, dass dieser Alptraum vorüber war. Er konnte ja auch nicht ahnen, dass dies alles ein abgekartetes Spiel war und was da noch alles auf ihn zukommen sollte.

Max Vertan hielt inne um sich eine neue Zigarette anzuzünden und einen Schluck Kaffee zu nehmen. Eine Weile saßen sich die beiden Männer schweigend gegenüber. Es war so still, dass man das Schnurren des Katers Seppi auf dem Sofa hörte.

»Und wie ging es dann weiter?« fragte Fred Rastel in die Stille. »Was musste denn Eberhart letztendlich für die Stasi tun?«

»Eberhart wurde von seinem Betrieb mehrere Male zu einem Lehrgang geschickt. Was dort im Einzelnen geschah, hat er mir nie erzählt. Lediglich die Vorgeschichte, welche ich Ihnen eben schilderte, erfuhr ich so nach und nach von ihm. Eines Tages, es waren inzwischen zwei oder drei Jahre vergangen, sagte Eberhart zu mir:

»Papa, ich gehe in die BRD. Du brauchst nicht erschrecken. Ich bekomme dort Arbeit in Kassel-Waldau. Wenn ich weg bin, wird sicherlich die Polizei zu Dir kommen und nach mir fragen. Du musst unbedingt sagen, dass Du nicht weißt, wo ich bin. Du brauchst Dir überhaupt keine Sorgen machen. Es ist alles organisiert und abgesichert, aber bitte stell mir keine Fragen, ich habe Dir schon viel zuviel erzählt.«

»Hier enden meine Detailkenntnisse,« fuhr Max Vertan fort, »alles was dann weiter geschah, kann ich nur erahnen. Vielleicht bringen Sie etwas Licht in diese Angelegenheit. Vor allem interessiert mich, ob es ein Grab von meinem Sohn gibt und wo es liegt.« Bei diesen Worten hatte er mit den Tränen zu kämpfen. Damit schloss Max Vertan seinen Bericht ab.

»Ich werde es versuchen,« erwiderte Fred Rastel. »Obgleich ich noch nicht weiß wie, aber ich werde es versuchen.«

Es war spät geworden. Die Nacht hatte bereits ihren Mantel der Dunkelheit über diesen Teil der Erde ausgebreitet, als sich Max Vertan mit herzlichen Worten des Dankes von Fred Rastel verabschiedete. Allein die Tatsache, dass er mit jemanden über diese Angelegenheit sprechen konnte, tat ihm sichtlich gut.

Als Fred Rastel drei Tage später im Flugzeug in Richtung Kairo saß, resümierte er:

Alles was ich weiß ist, dass Eberhart 1959 in Kassel-Waldau bei der Reimann AG, einem Konzern für Luftfahrttechnik, als Ingenieur für Messtechnik angefangen hat. Es ist wohl ein Folgeunternehmen der Fieseler-Werke. Er ging 1962 im Auftrag dieses Konzerns in die Außenstelle Kairo und er war mit einer gewissen Elvira Hofer verheiratet. Also werde ich als erstes mit Frau Elvira Vertan, geb. Hofer, Verbindung aufnehmen.

Als Fred Rastel in Kairo landete, umfing ihn bei dem Verlassen des Flugzeuges eine angenehme Wärme. Er atmete tief durch und betrat zufrieden das Flughafengebäude. Nach dem Passieren der Pass- und Zollkontrolle wurde er von einem Delegaten der Handelsvertretung der DDR in Empfang genommen und mit einem Dienstfahrzeug in das Hotel »Omar Khajam« gebracht, wo er ein Zimmer in einem der vielen Bungalows bezog. Der Himmel war, wie fasst immer in Kairo, stahlblau. Die Sonne schien, und Fred Rastel war froh, den Unbilden des kalten und nassen Herbstwetters entflohen zu sein. Als erstes nahm er ein ausgedehntes Bad im Swimming Pool des Hotels um seine Gedanken zu ordnen. Zunächst versuchte er, aus den verschiedensten Details und Informationen die Geschehnisse ab dem Zeitpunkt zu rekonstruieren, an dem die Schilderung von Max Vertan endete. Es war ein spannendes Puzzle und ließ ihn einfach nicht mehr los. Zu diesem Zeitpunkt konnte Fred Rastel auch noch nicht ahnen, was seine Recherchen an den Tag bringen würden und was ihn noch alles erwartete.

Kapitel II
Das schöne Leben

Und immer lockt das Abenteuer

E s war Spätsommer 1959. Eberhart Vertan gab seinen Koffer in Berlin-Ostbahnhof in der Gepäckaufbewahrung ab und begab sich in das Ministerium für Staatssicherheit. Dort meldete er sich in dem für ihn zuständigen Büro, wo er auch Werner Holstein traf. Eberhart hatte bei seiner Registrierung den Decknamen Fluglotse erhalten, unter welchem er fortan zu operieren hatte. Von seinen vor ihm stehenden Aufgaben erfuhr er immer nur gerade so viel, wie er unbedingt wissen musste.

Im Meldeamt seiner Heimatstadt Riesa hatte er seinen Personalausweis gegen einen sogenannten Interzonenausweis eingetauscht. Damit war man damals noch berechtigt, die innerdeutsche Grenze zu überschreiten. Man war verpflichtet, innerhalb einer festgesetzten Frist seinen Personalausweis wieder abzuholen, anderenfalls recherchierte die Polizei sofort über den Verbleib der Person.

Von Werner Holstein erhielt Eberhart die letzten Informationen und Anweisungen:

»Hier sind 5000,- DM-West, damit bestreitest Du alle Kosten der nächsten Tage. Dann musst Du Dich selbst versorgen. Von Zeit zu Zeit werden wir uns treffen. Dann erhältst Du je nach Stand Deiner abgerechneten Leistungen eine angemessene Prämie. Du fährst mit der nächsten S-Bahn nach Berlin-Tegel. Von dort fliegst Du nach Frankfurt und fährst dann nach Kassel. In Kassel meldest Du Dich in der Schachtstraße Nr.6 bei unserem V-Mann Alwin Zwerg mit der Losung: Fluglotse von Falke sucht Arbeit. Alles Weitere erfährst Du dort.«

»Gut Werner, aber kannst Du mir denn nicht wenigstens andeuten, was ich dort machen soll?«

»Du wirst dort bei der Dir bereits bekannten Reimann AG als Ingenieur für Luftfahrtmesstechnik arbeiten. Wir brauchen dort Deine Fachkenntnisse. Die Reimann AG in Kassel-Waldau wurde ausgewählt, da dies vormals die Fieseler-Werke waren. Der ehemalige Inhaber, Gottfried Fieseler, hat hier den Fieseler Storch und vor allem die V1 entwickelt. Vielleicht existieren hierüber noch Unterlagen. Außerdem gibt es dort in unmittelbarer Nachbarschaft noch sehr interessante Objekte, wie z.B. die Messerschmidtwerke mit ihrem Versuchsgelände, sowie einen Flugplatz. Mehr kann ich Dir noch nicht sagen. Näheres erfährst Du bei dem Genossen Zwerg. Zu gegebener Zeit werden wir beide uns treffen. Ab heute bin ich Dein Führungsoffizier. Damit unterstehst Du direkt meinen Anweisungen, welche Dir zunächst über unseren V-Mann übermittelt werden. Nun mach´s gut, Eberhart, gute Reise, Du hörst bald wieder von mir.«

Damit war Eberhart verabschiedet.

Als er wieder auf der Straße war, wusste er nicht recht, ob er lachen oder weinen sollte. Irgendwie empfand er in diesem Moment ein Gefühl des Glückes und der Freiheit, andererseits fühlte er sich aber sehr allein und hatte etwas Angst vor der unbekannten Zukunft. Jedoch das Geld in seiner Tasche beruhigte ihn sehr.

Die Jahreszeit war schon etwas fortgeschritten, der Wind blies ihm die ersten herbstlichen Blätter vor die Füße. Eberhart schloss seine Jacke und begab sich zum Ostbahnhof, wo er seinen Koffer wieder in Empfang nahm.

Der Flug nach Frankfurt verlief ohne nennenswerte Ereignisse.

Der Anfang

In Kassel, Schachtstraße 6 tickte der Fernschreiber. Alwin Zwerg sah gespannt auf das Papier, welches sich langsam nach oben schob.

Fluglotse unterwegs, Programm Flugpfeilstabilisierung läuft wie vereinbart an. Stufe I beginnt am 1. Oktober.

Falke

Zwerg riss das Papier vom Fernschreiber, lochte es und legte es sorgfältig in einen Ordner mit der Aufschrift: Fl. Stab.

Er hatte es sehr eilig. Die bereits angelaufenen Vorbereitungen mussten noch zum Abschluss gebracht werden. Die bereits angemietete, voll möblierte Wohnung in der Kölnischen Straße 4, musste nochmal kontrolliert werden. Die an den verschiedensten Stellen der Wohnung eingebauten Abhörmikrofone (Wanzen genannt), wurden noch einmal auf Funktionsfähigkeit überprüft. Telefonisch informierte er den Personaldirektor von der Reimann AG, dass der »Interessent« an der ausgeschriebenen Stelle am 1. Oktober eintreffen wird. Für die Reservierung der offenen Stelle als Prüfingenieur für Messgeräte hatte dieser Mann ein erkläckliches Sümmchen kassiert, sodass in dieser Richtung nichts schief gehen konnte.

Eberhart Vertan räkelte sich genüsslich in seinem Bett. Er war am vergangenen Abend in Kassel angekommen und von dem V-Mann in alle Einzelheiten der nächsten Schritte eingewiesen worden. Er hatte die erste Nacht in seiner neuen Wohnung tief und fest geschlafen. Die spätsommerliche Morgensonne blinzelte zu ihm ins Fenster, als wollte sie sagen: »Nun aber raus aus den Federn, Du Faulpelz, Dir wird das Träumen noch vergehen.«

Die Wohnung war sehr umsichtig vorbereitet und mit allem Notwendigen ausgerüstet. Die Auslagen hatte Eberhart bereits dem V-Mann erstattet.

Nach einem kurzen Frühstück machte sich Eberhart auf den Weg, um die notwendigen Formalitäten zu erledigen. Es war ein wunderschöner Septembertag. Die Sonne schien von einem fast wolkenlosen Himmel, kein Lüftchen regte sich und es war herrlich mild. Eberhart war beschwingt und fühlte sich wie in einem Märchenurlaub.

Zunächst kaufte er sich einen Stadtplan und verschaffte sich einen Überblick über die Adressen, welche er besuchen musste. Als erstes fuhr er mit einer Vorortbahn nach Waldau und ging in das Personalbüro der Reimann AG. Nach einem kurzen Gespräch mit dem Personaldirektor erhielt er eine Arbeitsbescheinigung zur Vorlage bei dem Einwohnermeldeamt. Den Mietvertrag hatte er bereits in der Tasche, sodass er danach direkt zum Meldeamt gehen konnte. Er wurde als DDR-Flüchtling registriert und erhielt zunächst einen provisorischen Ausweis bis zur Ausstellung seiner Kennkarte. Damit war er praktisch schon Bürger der BRD und konnte bei seinem zukünftigen Betrieb den endgültigen Arbeitsvertrag abschließen.

Zwei Tage konnte er noch dieses herrliche, sorgenfreie Leben genießen. Er machte sich mit der engeren und weiteren Umgebung vertraut, besuchte den Wilhelmshöher Bergpark mit dem Herkules, dann musste er antreten.

An seinem ersten Arbeitstag wurde Eberhart im Betrieb eingewiesen. In der Abteilung Mess- und Prüfwesen erhielt er in der Gruppe »Instrumenteneichung« die Aufgabe, die vorbereitenden Anschlussarbeiten für die Abgleichung und Justage durchzuführen. Es war nicht gerade überwältigend, aber es war ja nun mal der Anfang.

Mit Fleiß, hoher Sachkenntnis und kollegialer Hilfsbereitschaft machte er sich sehr bald einen Namen bei seinen Vorgesetzten und seinen Arbeitskollegen. Es lief alles zu seiner vollsten Zufriedenheit und er war richtig glücklich. In seinem Inneren dachte er: Wenn das so weitergeht, kann ich mich ja zu diesem Job nur beglückwünschen.

Eines Tages, als er wieder einmal an der Eichung einer Instrumentenkombination teilnahm, welche für die Überwachung eines Raketenfluges benötigt wird, traten immer wieder erhebliche Abweichungen in den Messergebnissen auf. Der leitende Ingenieur konnte es sich nicht erklären. Er zeigte auf das Diagramm im Kontrollschreiber und sprach zu Eberhart:

»Nun schauen Sie sich das nur mal an, Herr Vertan, es ist nun schon das vierte Mal, dass an dieser Stelle die Sinuskurve ausbricht, ich weiß nicht mehr, was ich machen soll.«

Eberhart schaute sich das Diagramm an, führte ein paar Kontrollmessungen an der Kombination durch und sagte dann:

»Also, nach meiner Meinung hat der Synchronmotor des Antriebes der Lageüberwachung einen Schlupf und läuft nicht synchron mit dem Drehfeld. Dadurch kommt es bei der simulierten Lageveränderung zu diesem Ausbruch der Sinuskurve.«

»Natürlich,« rief der leitende Ingenieur ganz aufgeregt, »das ist es. Es kann gar nicht anders sein. Dass ich da nicht gleich drauf gekommen bin! Danke Herr Vertan, Sie haben mir ganz toll geholfen. Donnerwetter, alle Achtung, Sie haben was auf dem Kasten.«

Damit war zunächst diese Angelegenheit erledigt. Jedoch solche und ähnliche Ereignisse sprachen sich schnell in der Leitungsetage herum.

Oft kommt es anders als man denkt

Die Wochen vergingen wie im Fluge. Eberhart genoss dieses herrliche Leben in vollen Zügen. Fast hatte er schon vergessen, weshalb er eigentlich hier war. Doch er wurde sehr schnell wieder auf den Boden der Realitäten zurückgeholt. Eines Tages erhielt er folgendes Telegramm:

Gratulation am 20.11. zum 80. Geburtstag von Onkel Otto am Berg
    Werner Krone

Der Inhalt ergab nach dem Dechiffrieren folgenden Sinn:
    Wir treffen uns am 20.11. 10 Uhr in Homberg im Gasthaus Krone
    Werner

Es war ein Samstag.

Eberhart hatte sich in der Zwischenzeit einen gebrauchten VW gekauft und fuhr damit an besagtem Tage nach Homberg/Efze, welches nur etwa 35 km von Kassel entfernt ist. Sein Fahrzeug stellte er auf einem Parkplatz in der Stadtmitte ab und begab sich sofort zu dem angegebenen Gasthaus Krone. Er machte allerdings einen Umweg über die Westheimer Straße und die Untergasse. Mehrfach blieb er unauffällig vor einem Schaufenster stehen und kontrollierte sehr aufmerksam, ob ihm evtl. jemand folgt. Dies hatte er in seinen »Lehrgängen« gründlich gelernt. Erst als er sicher war, dass ihm niemand folgt, betrat er das Gasthaus.

»Herzlich Willkommen Werner, ich freue mich, Dich zu sehen. Da muss erst der alte Herr 80 Jahre alt werden, damit wir uns wiedersehen«, begrüßte Eberhart seinen Führungsoffizier locker.

»Du hast recht Eberhart, es geht schon recht verrückt zu auf der Welt. Möchtest Du eine Tasse Kaffee trinken?«

»Ja, gerne.«

Während sie gemeinsam ihren Kaffee tranken, unterhielten sie sich über ganz allgemeine unverfängliche Themen.

»Das Wetter ist zwar nicht das Allerbeste, aber lass uns trotzdem einen kleinen Herbstspaziergang durch den Stadtpark machen. Ich brauch etwas frische Luft.« Mit diesen Worten bezahlte Werner Holstein die Rechnung und beide erhoben sich, um das Lokal zu verlassen. Beim Verlassen des Raumes blieb Eberhart an einer Türschwelle hängen und riss sich dabei den Absatz vom Schuh.

»Aber so ein Mist,« wetterte er. » Was mach ich denn nun?«

In diesem Augenblick kam die Wirtin der Krone vorüber.

»Kein Problem,« sagte sie. »Ein paar Häuser weiter talwärts, Holzhäuser Straße/ Ecke Webergasse befindet sich ein Schuhgeschäft mit der Schuhmacherei August Reyta. Der Meister wird Ihnen bestimmt behilflich sein. Sie können die Werkstatt nicht verfehlen.«

So humpelte nun Eberhart mit dem Absatz in der Hand in Begleitung von Werner Holstein die Holzhäuser Straße talwärts bis zur Webergasse. Gemeinsam betraten sie die Schuhmacherei von August Reyta. Der Meister blickte von seiner Arbeit auf und musterte die Männer. Als er den Absatz in Eberharts Hand sah, sagte er:

»Ach, haben wir da einen Patienten?« Er besah sich den Schaden und sagte freundlich:

»Kein Problem, das bringen wir gleich in Ordnung.«

Während sich der Meister mit der Reparatur des Schuhs befasste, öffnete sich die Tür und ein stattlicher junger Mann betrat die Werkstatt. Er mochte etwa im Alter von Eberhart Vertan gewesen sein, also etwa 23 oder 24 Jahre alt. Er trug die dunkelblaue Uniform der Bahnpolizei.

»Guten Morgen Vater!« sagte er und reichte dem Meister die Hand.

»Guten Morgen Fritz, na wieder mal in Homberg?« antwortete dieser.

»Ja, aber nur ganz kurz, habe eine Transportbegleitung eines versiegelten Waggons der Reimann AG, Zweigwerk Holzhausen, vom Homberger Bahnhof nach Kassel und dann weiter von Kassel nach Hamburg. Dort wird der Waggon direkt auf ein

Schiff nach Alexandria verladen. Ich werde also ein paar Tage unterwegs sein. Damit Ihr Euch nicht sorgt, wenn Ihr nichts von mir hört, bin ich hier, um Euch zu informieren.«

»Gut so Fritz, bitte warte ein paar Minuten, ich bin hier gleich fertig.«

»Ja, ja, Vater, nimm Dir nur Zeit, ich warte schon so lange.«

»Was ist denn so Schlimmes in diesem Waggon,« wandte sich nun Werner Holstein an den Sohn des Schuhmachermeisters, »dass er versiegelt ist und von der Bahnpolizei begleitet wird?«

»Keine Ahnung, muss irgend etwas für Ägypten sein, was der Geheimhaltung unterliegt. Ich erfülle lediglich meinen Transportauftrag. Sagen Sie, meine Herren, sind Sie zu Besuch in Homberg? Denn Homberger sind Sie sicherlich nicht.«

»Nee, ich gomm aus Riesa bei Dräsdn, aber ich läbe jetz in Gassel. Unn heude wolln mer uns ma Homberg ansehn.«

»Aha, aus Sachsen kommen Sie in unser Hessisches Bergland, herzlich willkommen.«

»Stimmt, danke. Ich globe, das is ooch ni zu iberhörn.«

»Nein wirklich nicht. Übrigens, wenn Sie sich was ansehen wollen, empfehle ich Ihnen unseren Burgberg. Die Ruine wurde freigelegt und der neue Aussichtsturm wurde kürzlich fertiggestellt. Von dort haben Sie einen herrlichen Blick ins Land. Der Weg ist relativ einfach zu finden. Sie laufen oberhalb des Marktes in die Bergstraße, bis zu dem beschilderten Fußweg zum Schlossberg. Dieser führt durch das sogenannte Pförtchen, einem Tor in der alten Stadtmauer. Linker Hand, unweit des Pförtchens, sehen Sie den »Dörnberg Tempel.« So bezeichnet, weil sich dort zur Zeit des Dörnberg'schen Aufstandes 1809 der General Dörnberg nachts heimlich mit seinen Verbündeten getroffen hat. Für das Mittagessen kann ich Ihnen entweder das Gasthaus Krone oder das Restaurant Frankfurter Hof in der Obertorstraße empfehlen. Beide haben eine sehr gute und preiswerte Küche.«

»Vielen Dank für Ihren freundlichen Hinweis, wir werden es

berücksichtigen. Übrigens, neben ihrem Eingang befindet sich ein Relief im Mauerwerk. Was stellt es denn dar?« meldete sich nun Werner Holstein zu Wort.

»Das kann ich Ihnen ganz genau sagen,« erwiderte Fritz Reyta, »in diesem Haus hat im Mittelalter der Scharfrichter von Homberg gewohnt. Im Keller hatte er sogar ein Verließ mit einer kleinen Folterkammer. Heute wird dort Obst und Gemüse gelagert.«

»Ist ja richtig spannend. Schon alleine deshalb lohnt sich ja ein Besuch in Homberg!«

»So, der Patient ist wieder lauffähig.« Mit diesen Worten überreichte August Reyta den Schuh an Eberhart Vertan.

»Herzlichen Dank für Ihre schnelle Hilfe, Meister, was bin ich Ihnen schuldig?«

»Schon gut, das ist Kundendienst für unsere Besucher. Wir wollen, dass Sie sich bei uns in Homberg wohl fühlen.«

»Ganz herzlichen Dank Meister, ich werde es nicht vergessen und Sie in meinen Memoiren lobend erwähnen.«

Mit diesen Worten und einem herzlichen »Auf Wiedersehen,« verließen die beiden Männer die Werkstatt von dem freundlichen Meister August Reyta.

Wieder auf der Straße und gut zu Fuß, wandten sie sich bergwärts in Richtung Obertorstraße. Inzwischen war es fast Mittag geworden, deshalb beschlossen Sie, vor ihrem Aufstieg auf den Burgberg doch noch zu Mittag zu essen und besuchten zu diesem Zweck das Restaurant Frankfurter Hof. Unmittelbar nach dem Essen machten sie sich auf den Weg Richtung Burgberg. Nachdem sie das Pförtchen passiert hatten, schlenderten sie gemächlich über den mit Laub bedeckten Weg des Burgberges. Ein kalter Wind trieb die Blätter immer wieder auf und brachte neue Blätter von den Bäumen. Die Herbstfärbung war vorüber, die meisten Bäume standen schon mit kahlen Ästen da. Der Himmel war mit dunklen Wolken behangen. Die Stimmung erinnerte ein bisschen an Sterben. Es war einer von den trostlosen Spätherbsttagen. Eberhart hatte heute allerdings kein Gespür für diese Atmosphäre. Er war sehr aufgeregt und neugierig, was Werner wohl von ihm wollte.

»Wie läuft es denn auf Deiner Arbeit,« erkundigte sich Werner.

»Ausgezeichnet,« antwortete Eberhart, »es könnte gar nicht besser sein, ich bin sehr zufrieden.«

Eberhart schilderte stolz seine derzeitige Arbeit mit allen Ereignissen seiner Erfolge.

»Sehr gut, Eberhart. Das kommt unseren Vorstellungen sehr entgegen. Es kommt jetzt darauf an, dass Du ein paar konkrete Ergebnisse bringst.«

»Was denn für Ergebnisse?«

»Na, dachtest Du, unser Staat hat aus Spaß so viel Geld in Deine Ausbildung investiert? Nein, mein Lieber, es ist an der Zeit, dass Du Dich darum bemühst, dafür etwas zu tun.«

Eberhart war schockiert über diesen Ton. Das hatte er nicht erwartet.

»Ok, ok, ich habe ja bis jetzt alles getan, was Ihr gesagt habt. Was soll ich denn noch machen?«

»Also, zunächst strengst Du Dich noch mehr an, damit Du möglichst schnell voran kommst. Du musst das uneingeschränkte Vertrauen Deiner Vorgesetzten gewinnen. Du musst versuchen, so schnell wie möglich in die Abteilung Forschung und Entwicklung zu kommen. Wenn Du dort bist, informierst Du mich sofort – durch den Zwerg. Dann erhältst Du weitere Anweisungen. Die Verbindung zum Zwerg telefonisch nur über Deinen Decknamen. Treffen an unterschiedlichen Orten zu unterschiedlichen Zeiten. Uns interessiert, was die Reimann AG für Geschäftsverbindungen zum Ausland hat. Ganz besonders interessieren uns dabei Aktivitäten mit Ägypten. Nachrichten darüber, codiert an die bekannte Deckadresse. Eigentlich hatte ich erwartet, dass Du zum Beispiel über diesen Waggon nach Ägypten besser informiert bist und genau weißt, was da transportiert wird. Ich hoffe, Du bist Dir darüber im Klaren, dass Du einige Verpflichtungen uns gegenüber hast. Komm nicht etwa auf den Gedanken, dies zu vergessen, nur weil es Dir jetzt gut geht.«

»Wie kommst Du denn auf derartige Gedanken, natürlich bin ich mir im Klaren über meine Pflichten und ich werde sie auch erfüllen.« Eberhart war total sauer über diesen Ton und die Art, wie Werner ihn behandelte. Wütend stieß er den Fuß in das Laub, welches der Herbstwind auf dem Weg zusammengeblasen hatte.

»Du musst Dich nun langsam daran gewöhnen, dass dies hier kein Urlaubsausflug ist,« fügte Werner Holstein noch hinzu. »Du erhältst eindeutige Aufträge, welche abzurechnen sind, ist das klar?«

»Natürlich ist das klar. Deshalb brauchst Du doch nicht so aggressiv zu sein!«

»Ich bin nicht aggressiv sondern eindeutig!«

Mit einem eher kühlen Händedruck und ein paar Floskeln trennten sich die beiden.

Werner Holstein machte einen kleinen Umweg, um nach Kassel zu gelangen und begab sich in die konspirative Wohnung von dem Genossen Zwerg. Der Lautsprecher der Abhöranlage von Eberharts Wohnung war eingeschaltet. Der Führungsoffizier wartete, bis Eberhart nach Hause kam. Er wollte wissen, ob Eberhart Reaktionen auf das Gespräch zeigt. Er brauchte auch nicht lange zu warten, da hörte er im Lautsprecher den Schlüssel in der Wohnungstür und dann das Zuschlagen derselben. Aha, er ist da, dachte Werner bei sich.

»So eine verdammte Scheiße!« hörte er Eberhart fluchen. Dann donnerte etwas gegen einen Schrank oder etwas ähnliches. »So ein Rindvieh dieser Holstein, was bildet der sich denn ein, wer

er ist. Wenn es mir zu dumm wird, lass ich ihn einfach hochge-
hen. Diese ganze Sache stinkt mir ohnehin ganz gewaltig. Der
kotzt mich an!« schrie Eberhart mit beträchtlicher Lautstärke,
einfach um seinem Herzen Luft zu machen und seinen Ärger
herauszuschreien.

»Das hatte ich befürchtet!« sagte Werner Holstein zu dem
Genossen Zwerg. »Ich wollte wissen, wie er reagiert, wenn er
etwas härter als bisher angefasst wird.« Alwin Zwerg schüttelte
mit dem Kopf.

»So ein Idiot,« schimpfte er, »ich werde den Vollzug einsetzen
und ihm eine kleine Lektion verpassen.«

»Ja, ich denke es ist unumgänglich,« erwiderte Werner Holstein.

Der Vollzug war eine Gruppe von jugendlichen Schlägern.
Hartgesottene Typen, die jede Gelegenheit nutzten, um zu ran-
dalieren und zu prügeln. Diese Gruppe wurde von der Agen-
tengruppe der Stasi mit Geld versorgt und nach Bedarf eingesetzt.

Kapitel III
Der Ernst des Lebens

Der erste Schock

Eberhart hatte geduscht und mit einem Wechsel von kaltem und warmen Wasser seinen Kreislauf wieder etwas stabilisiert. Er hatte sich etwas beruhigt und dachte mit einem etwas kühleren Kopf daran, wie er sich nun wohl verhalten sollte. Da klingelte das Telefon.

»Vertan«, meldete sich Eberhart.

»Hallo Eberhart, hier ist Dein Arbeitskollege Martin Loose. Du, ich möchte mich gerne mal mit Dir unterhalten, bevor wir am Montag auf Arbeit gehen. Ich hab da so ein paar Gedanken zu der Weiterentwicklung der Stabilisierung. Aber bitte behalte das vorläufig noch für Dich. Bitte zu niemandem ein Wort darüber, dass ich mich damit befasse. Wir treffen uns am besten in einer kleinen Gaststätte, wo uns niemand kennt. Ich schlage vor, in der Kneipe Seidenstrümpfchen.«

»Ok, Martin, ich hatte ohnehin vor, noch irgendwo ein Glas Bier zu trinken. Gegen 20 Uhr bin ich da.«

Gegen Abend machte sich Eberhart stadtfein und rief ein Taxi.

»Bitte zum Restaurant Seidenstrümpfchen.«

»Wird gemacht, junger Mann. Das ist zwar nicht die allerbeste Gegend dieser Stadt, aber wenn Sie es wünschen, bring ich Sie dorthin.«

Eberhart betrat die Gaststätte mit gemischten Gefühlen. Er hatte schon in vielen Kneipen sein Bier getrunken, aber hier sah es ganz schön wüst aus. Der Gastraum war kaum zwei Meter hoch und mit einigen Raumteilern etwas unterteilt. Die Wände und die Decke waren mit einer dunkelbraunen Nikotinschicht überzogen und hatten anscheinend seit Jahrzehnten keine Farbe mehr gesehen. Als Eberhart die Gaststube betrat, brauchte er eine ganze Zeit, um sich an das diffuse Licht und an den Zigarettendunst zu gewöhnen. Er hatte das Gefühl, ersticken zu müssen. Die Theke war links und rechts mit Schiffspositionslampen begrenzt. Die Rückwand der Theke war übersäht mit Firmenschildern aus aller Welt und Souvenirs aller Art. Davor standen ein paar Mädchen, welche mehr mit einem breiten Gürtel, als mit einem Rock bekleidet waren. Niemand nahm Notiz von seinem Erscheinen. Da er seinen Kollegen Martin Loose nirgends sah, steuerte er direkt auf einen freien Tisch zu und ließ sich dort nieder. Der Wirt, ein vierschrötiger Kerl in mittlerem Alter, bekleidet mit einem rotkarierten Hemd und einer schmierigen Lederschürze, kam an seinen Tisch und fragte nach seinen Wünschen.

»Ein großes Pils und einen doppelten Korn bitte.«

Ohne ein Wort der Erwiderung schlurfte er zurück zur Theke. Die Getränke waren lauwarm und das Bier sah mehr aus wie... na ja, Sie wissen schon.

Mein Gott, was hat sich der Martin nur dabei gedacht, eine solche Spelunke für unseren Treff auszusuchen, dachte Eberhart bei sich. Er hatte schon sein zweites Bier getrunken, aber Martin war noch nicht da. Immer wieder schaute Eberhart auf die Uhr. Langsam wurde ihm die Sache zu dumm. Gegen 22 Uhr, er wollte gerade bezahlen, erschien ein Kerl in der Tür, der aussah wie ein Schrank. Der Kopf war für seine Körpergröße viel zu klein, saß anscheinend ohne Hals direkt auf dem Rumpf und war kahlgeschoren. Er ging zum Wirt und sprach mit ihm ein paar Worte, dann zeigte der Wirt zu Eberhart, worauf der Kerl direkt an seinen Tisch kam.

»Bist Du der Eberhart Vertan?«

»Ja, was ist?«

»Dein Kollege schickt mich, ich soll Dir sagen, er hatte mit seinem Motorrad einen kleinen Unfall. Er war auf dem Weg zu Dir, als er auf einer Ölspur mit seiner Maschine wegrutschte. Er ist leicht verletzt und wartet auf die Polizei. Du sollst zu ihm kommen. Es ist nicht weit von hier, komm mit, ich bring Dich hin.«

Der Typ machte kehrt und stapfte, ohne auf Antwort zu warten, zur Tür. Eberhart beeilte sich, zu bezahlen und verließ das Lokal. Sie gingen zusammen durch ein paar Gassen zwischen Trümmern und Ruinen, welche wie drohende Finger in den Himmel ragten. Die hohlen Fensteröffnungen sahen aus wie tote Augen, welche von den letzten Kriegsereignissen erzählten. Der Wind jagte die Wolken vor sich her, welche den ohnehin nur spärlichen, abnehmenden Mond zeitweise verdeckten.

»Wir nehmen ein paar Abkürzungen,« sagte der Typ wie zur Entschuldigung, »da sind wir schneller da. Ich kenn mich hier aus.«

So richtig wohl war es Eberhart allerdings nicht dabei. Wenn er sich nicht solche Sorgen um seinen Kollegen machen würde, wäre er sicher nicht mitgegangen. Als sie um die nächste Ecke bogen, standen plötzlich drei finstere Typen vor ihnen und versperrten den Weg. Eberhart bekam einen entsetzlichen Schreck und versuchte an den Typen vorbeizukommen.

»Halt Freundchen, bleib mal hier!« sagte einer und hielt ihn am Arm.

Eberhart riss sich los, machte kehrt und versuchte zu fliehen. Aber da stand der Typ, der ihn abgeholt hatte und schlug ihm seine mächtige Tatze ins Gesicht, dass ihm Hören und Sehen verging. Eberhart ging kurz zu Boden, stand aber sofort wieder auf den Beinen. Ihm war plötzlich klar, dass er in eine Falle gelockt worden ist und dass an eine Flucht nicht zu denken war. Schreien war auch vollkommen sinnlos. In dieser Gegend hielt sich um diese Zeit keine Menschenseele auf. Sollte es trotzdem jemand zufällig hören, würde er sich sehr hüten, in der Nacht diesen Hilferufen nachzugehen. Dies alles ging im Bruchteil einer Sekunde durch Eberharts Kopf. Sofort besann er sich auf seine Ausbildung bei der Stasi und ging zum Angriff über. Dem ihm am nächsten Stehenden trat er so stark in die Hoden, dass der laut aufschrie und sich krümmte. Den nächsten erfasste er und warf ihn mit einem Judo-Hüftschwung auf das Pflaster. Dann hatten sich die Anderen von dem gelungenen Überraschungsmoment erholt und stürzten sich auf Eberhart. Natürlich war er trotz seiner guten Ausbildung dieser Übermacht unterlegen. Zwei Männer ergriffen Eberhart an je einem Arm und verdrehten diese blitzschnell, sodass er laut aufschrie. Einer schlug ihm die Faust in den Magen, dass er sich krümmte. Dann riss er ihm den Kopf an den Haaren hoch und brüllte:

»Du verdammtes Faschistenschwein, Dir werden wir schon Beine machen!« Damit hieb er ihm die Faust mitten ins Gesicht. Das Blut quoll ihm aus der Nase.

»Wenn es Dir in den Sinn kommen sollte, das, was die Menschen erhält, nämlich den Kommunismus, zu verraten, dann werden wir Dir diese Gedanken einzeln aus deinem beschissenen Faschistennischel herausprügeln, bis Du bedauerst, jemals in diese scheiß BRD gekommen zu sein.«

Bei jedem dieser Worte hieb der Typ auf Eberhart ein, während die beiden anderen ihm die Arme wie mit eisernen Klammern festhielten. Der vierte hatte sich in der Zwischenzeit von seinem Hodenschlag etwas erholt und trat nun seinerseits wütend Eberhart in die Beine. Als sie sich abreagiert hatten, warfen sie ihn einfach auf die Straße und gingen davon.

Eberhart lag auf der Straße und blutete aus Nase und Mund, an den Augenbrauen hatte er eine Platzwunde. Er war total benommen und wusste nicht, was er denken sollte. Was hatte dies alles zu bedeuten? Was hatte dieser Typ gesagt? Wenn ich die Kommunisten verraten würde, würden sie mich totschlagen? Wie kommen die nur auf so etwas? Als er wieder etwas zu sich kam, rappelte er sich mühsam auf, wischte sich das Blut aus dem Gesicht und brachte seine Kleidung etwas in Ordnung. Er kontrollierte seine Brieftasche und seine Geldbörse, es fehlte nichts. Eigenartig, dachte er, ein Raubüberfall war es auch nicht. Am besten, ich ruf erst mal den Zwerg an. Was er dann auch von der nächsten Telefonzelle aus, welche er nur mit Mühe erreichte, sofort tat. Er schilderte ihm den Vorfall in allen Einzelheiten und wollte wissen, was er davon hielt.

»Vielleicht war es eine Verwechslung,« sagte der Zwerg. »Auf keinen Fall darfst Du zur Polizei gehen oder anderweitig auffallen. In unserem Gewerbe muss man halt mit solchen Sachen rechnen und diese wegstecken. Auch mit Deinem Arbeitskollegen darfst Du auf keinen Fall darüber sprechen, damit würdest Du nur die Neugierde und das Misstrauen wecken. Also verhalte Dich so, als wäre nichts geschehen. Sei korrekt und unauffällig in Deiner Arbeit und denke nie daran, vielleicht die Seiten zu wechseln, es könnte unter Umständen sehr unangenehm sein, Ende.« Damit legte der Zwerg auf und das Gespräch war beendet.

Eberhart rief noch einmal »Hallo?« Er lauschte noch eine ganze Weile in das stumme Telefon, sah dann völlig verständnislos den Hörer an und hängte auf.

Kann das denn wahr sein? Verständnislos wankte er aus der Telefonzelle. Ein Pärchen, welches vorüberkam, hörte er schimpfen:

»So ein besoffenes Schwein, der muss ja mörderisch gestürzt sein.«

Ein Taxi, welches er anhielt, lehnte seine Beförderung mit den Worten ab:

»Ich lass mir doch nicht den Wagen versauen, werde erst mal wieder nüchtern und mach Dich etwas sauber!«

So blieb ihm nichts anderes übrig, als sich zu Fuß auf den Heimweg zu machen. Zu allem Überfluß fing es auch noch an zu regnen. Ein kräftiger Wind kam auf und trieb ihm die Kälte durch Mark und Knochen.

Alles hat einmal ein Ende, so auch dieser Weg, dachte Eberhart und biss die Zähne zusammen.

Zwei Stunden später erreichte er seine Wohnung. Ängstlich darauf bedacht, dass ihn niemand sieht, schloss er leise auf und verschwand schnell hinter seiner Tür.

Nachdem er ausgiebig heiß und kalt geduscht hatte, besah er sich im Spiegel seine Schrammen. Mit ein paar Pflastern verschloss er dieselben. Bloß gut, dass morgen Sonntag ist, dachte Eberhart und goss sich einen Campari mit Martini ein, mit Mineralwasser aufgefüllt war dies sein Lieblingsgetränk. Zerknirscht ließ er sich in einen Sessel fallen und versuchte, seine Gedanken zu ordnen und sich zu beruhigen. Noch einmal ließ er sich das Gespräch mit dem Zwerg Wort für Wort durch den Kopf gehen. Was hat der gesagt? Ich sollte mir nicht einfallen lassen, die Seiten zu wechseln, oder so ähnlich. Plötzlich wurde ihm ganz mulmig. Dann kam ihm die Aussprache mit Werner Holstein in den Sinn. Mein Gott, dachte er, meinen Wutausbruch in der Wohnung, mit meiner Äußerung über Werner. An dieser Stelle schoss ihm ein Gedanke wie ein greller Blitz in den Kopf: Wanzen!

Ganz vorsichtig erhob sich Eberhart und schaute sich zunächst etwas ratlos um. Er zwang sich, mit möglichst klarem Kopf über seine Ausbildung zu den Lehrgängen nachzudenken. Dann fing er an, sehr vorsichtig an einigen ihm noch bekannten Stellen zu suchen – und wurde natürlich fündig.

Das kann doch nicht wahr sein! Eberhart mischte sich einen zweiten Campari und wurde zusehends ruhiger. Nun, da er die Gefahren zu kennen schien, schreckten sie ihn nicht mehr und seine Gedanken wurden immer klarer. Nach seinem zweiten Drink resümierte er: Ich bin hier, als Agent der Stasi der DDR und habe auf Biegen und Brechen die von mir geforderten Leistungen zu erbringen. Jeder Versuch, von dem mir vorgezeichneten Weg abzuweichen bringt mich in nicht abzuschätzende Gefahren. Ich muss daraus meine Konsequenzen ziehen, ob es mir passt oder nicht. Ich muss mir also im Klaren sein, dass ich nicht mehr so sorglos leben kann, wie bisher.

Nach dieser Erkenntnis, war er zwar nicht glücklicher, aber doch etwas ruhiger. Der erste Schock war überstanden, es sollte aber nicht der letzte sein.

Die überstandenen Strapazen und der Campari, sorgten in dem Rest der Nacht für einen tiefen Schlaf.

Der Aufstieg

Nach diesem Erlebnis bemühte sich Eberhart, möglichst nicht aufzufallen und kniete sich in seine Arbeit, immer seine eigentliche Aufgabe der Wirtschaftsspionage im Auge. Über seine Kenntnisse der Entwicklung der Meßsysteme für den Raketenflug fertigte er Skizzen und Berichte an. Die Berichte wurden chiffriert und über den Zwerg nach Berlin geschickt. Skizzen und Berechnungen gingen über tote Briefkästen und Kuriere. Von Zeit zu Zeit traf er sich mit Werner Holstein in Köln, in Homberg/Efze und anderen Städten. Die Zentrale war mit ihm zufrieden und er erhielt so manche Prämie.

Nach etwa 7 Monaten wurde er in seinem Betrieb in die Abteilung Forschung und Entwicklung versetzt. Dort arbeitete er speziell auf dem Gebiet der Flugstabilisierung von Raketen. Damit war das erste Ziel seiner Auftraggeber erreicht.

Oft arbeitete er 12 bis 14 Stunden am Tag und hatte dadurch mannigfaltige Gelegenheiten, mit seiner Mini-Kamera geheime Unterlagen zu fotografieren.

Wegen seiner Tüchtigkeit war die Leitung des Unternehmens längst auf ihn aufmerksam geworden und so wurde er immer spezieller eingesetzt. Die Zeit verging wie im Fluge. Inzwischen war das Jahr 1961 erreicht. Eberhart hatte seine anfänglichen Skrupel längst verloren und sich an seine doppelte Persönlichkeit gewöhnt. Zu seinem persönlichen Schutz kaufte er sich eine Maußer-Pistole 6,45 mm. Er erhielt von zwei Seiten Geld und dies ermöglichte ihm ein sorgenfreies Leben mit allen Annehmlichkeiten. Auch hatte er sich an die Abhöranlage in seiner Wohnung gewöhnt und war immer darauf bedacht, kein falsches Wort zu sagen. So fand er im Laufe der Zeit Gefallen an seinem Leben und vergaß die Zeit und den Ernst der Situation.

Kapitel IV
Schnell ändern sich die Dinge

E ines Tages erhielt Eberhart von seinem Betrieb den Auftrag, bei einem Vertragspartner in Ägypten die Produktion einzurichten und Messungen an bereits hergestellten Instrumenten vorzunehmen. Dieser Auftrag war für Eberhart von enormer Bedeutung und sollte sein ganzes bisheriges Leben einschneidend verändern. Er nahm über den Zwerg sofort Verbindung mit Werner Holsten auf, um ihn über die neue Situation zu informieren. Die Zentrale jubelte. Jetzt hatten sie ihn genau dort, wo sie ihn haben wollten. Am nächsten Wochenende erhielt er bei seinem Treffen mit seinem Führungsoffizier umfassende Anweisungen und Informationen über seine Aufgaben.

»In den vier Monaten Deines geplanten Einsatzes in Ägypten musst Du versuchen, so viel wie möglich von den bestehenden Fragen zu lösen, da wir nicht wissen, wann Du das nächste Mal dorthin kommst. Und denke daran: der CIA und der Bundesnachrichtendienst der BRD behüten das, was wir wissen wollen. Außerdem interessiert sich der Ägyptische Geheimdienst ebenfalls für diese Flugstabilisierung!«

Das waren die letzten Worte seines Führungsoffiziers, dann liefen die Vorbereitungen seines ersten Auslandseinsatzes auf Hochtouren. Etwas Landeskunde, Aufbesserung seiner Englischkenntnisse, Untersuchung auf Tropentauglichkeit, diverse Impfungen, Reisepass, Visum – also Eberhart hatte ein volles Programm. Natürlich war er sehr aufgeregt. Ägypten kannte er nur aus Büchern und von Bildern.

Etwa zur gleichen Zeit erhielt Frank Tußmann, ein Jugendfreund Eberharts, von seinem Betrieb, dem VEB Mühlenbau Dresden, das Angebot, für einen längeren Montageeinsatz in einer Getreidemühle, nach Kairo zu gehen. Frank Tußmann hatte in der Mühle Gebr. Schönherr in Riesa gelernt, und sich dann im VEB Mühlenbau Dresden beworben. Da er ein ausgezeichneter Fachmann der Mühlentechnik war, hatte er sich sehr schnell einen guten Namen erarbeitet. Natürlich nahm er das Angebot für die Montage in Kairo mit jubelnden Herzen an. Die Aussicht, die DDR für geraume Zeit verlassen zu können und ein Stück von der Welt zu sehen, brachte Frank Tußmanns Schwingungen der Seele in Hochform. Es gab ja nur ein paar auserwählte Spezialisten, welche dieses große Glück hatten. Sein Reiseantrag wurde vom Betrieb eingereicht. Sechs Wochen nach diesem Antrag kam die riesengroße Enttäuschung: Ausreise abgelehnt. Frank hätte heulen können. Keine Begründung, niemand konnte ihm sagen, warum. Einfach abgelehnt. Frank Tußmann war sehr unglücklich. In diesem Moment wurde ihm so richtig klar, wie unfrei er eigentlich war.

Wenige Tage später wurde er in seinem Betrieb zur Parteileitung der SED gerufen. In dem Sitzungszimmer saß der Parteisekretär des Betriebes und ein Vertreter des Ministeriums für Staatssicherheit.

»Bitte nehmen Sie Platz, Herr Tußmann!« begann der Parteisekretär das Gespräch. Etwas aufgeregt und irritiert setzte sich Frank an den großen Tisch.

»Der Genosse vom MfS hat einige Fragen an Sie.«

»Herr Tußmann,« begann dieser, »Ihr Betrieb hatte vor, Sie zu einem Montageeinsatz in ein NSW (nichtsozialistisches Wirtschaftsgebiet) zu schicken und hat zu diesem Zweck für Sie einen Reiseantrag gestellt. Nun sind Sie zur Zeit noch kein Reisekader der DDR und deshalb wurde dieser Antrag abgelehnt. Außerdem sind Sie noch nicht Mitglied der SED, was ebenfalls nicht gerade für Ihre Verbundenheit mit Ihrer sozialistischen Heimat spricht. Sie müssen verstehen, dass wir nur Leute in's NSW schicken können, die unsere gemeinsame Sache, den Sozialismus, dort entsprechend vertreten. Da müssen wir absolut sicher sein.«

Frank Tußmann wurde es abwechselnd heiß und kalt. In seinem Kopf überschlugen sich die Gedanken.

»Ich hatte schon lange vor, in die Partei einzutreten, hatte nur noch keine richtige Gelegenheit!« log er drauflos. »Ich bin mir schon bewußt, was es bedeutet, die DDR im NSW zu vertreten!«

Frank dachte: Wenn ich jetzt richtig überzeugt auftrete, dann kann ich vielleicht doch noch raus. Dann muss ich eben doch in diese scheiß Partei eintreten.

»Ja, aber Herr Tußmann,« entgegnete der Parteisekretär, »wir haben uns doch vor einem halben Jahr unterhalten, und da waren Sie nicht bereit, zu uns zu kommen.«

»Das stimmt schon, da war ich noch nicht soweit wie heute, ich hatte einfach noch nicht die politische Reife. So einen Schritt kann man doch nur machen, wenn man die innere Überzeugung gefunden hat!«

»Also, wenn ich Sie richtig verstehe, haben Sie heute die politische Überzeugung erreicht und würden unserer Partei beitreten?«

»Ja, ich bitte darum!«

»Gut, hier haben Sie ein Beitrittsformular. Sie brauchen nur zu unterzeichnen. Ihre Personalien haben wir ja hier.«

Der Parteisekretär reichte ihm eine Beitrittserklärung über den Tisch und Frank unterzeichnete sofort.

»Also, Genosse Tußmann, gesetzt dem Fall, wir würden Sie als Genossen doch noch in's Ausland schicken, dann hätten wir doch gerne die Gewissheit, dass Sie sich Ihrer Verantwortung bewußt sind und sich für die Stärkung des Sozialismus einsetzen«, hakte nun der Vertreter des MfS ein.

»Natürlich können Sie sich auf mich verlassen, Genosse!«

»Gut, Genosse Tußmann, unter diesen Umständen können wir noch einmal über Ihre geplante Reise sprechen.«

Es scheint doch noch zu klappen, jubelte Frank innerlich. Er war so aufgeregt, dass seine Hände zitterten.

»Sie wissen ja genau so gut wie wir, dass es immer noch genügend Leute gibt, welche gegen uns eingestellt sind. Diese Leute zu überzeugen, ist unsere Aufgabe, denn wir brauchen jeden Menschen im Sozialismus. Aber wie können wir diese Zweifler erkennen? Sie werden uns nie offen ihre wirkliche Meinung sagen. Zu diesem Zweck brauchen wir Ihre Mitarbeit!«

»Ich versichere Ihnen, dass ich eine sehr positive Einstellung zum Sozialismus habe und dieselbe auch immer und überall zeigen werde!«

»Das reicht uns nicht, Genosse Tußmann. Sie müssten sich schon etwas mehr umsehen und umhören. Also, um es klar zu sagen, wir brauchen von Ihnen Informationen über alle Leute mit denen Sie im In- und Ausland Kontakt bekommen!«

»Was sind das denn für Informationen, welche Sie brauchen. Im Augenblick wüsste ich nicht, wie ich Ihnen helfen könnte.«

»Also, Genosse Tußmann, ich habe Ihnen doch eben erläutert, worauf es uns ankommt. Sie werden, falls Sie in's Ausland fahren sollten,« (bei diesen Worten fühlte Frank einen Stich im Herzen) »mit allen möglichen Leuten der Handelsvertretung, des TKB (Technisch kommerzielles Büro) und der verschiedenen Arbeits- und Montagegruppen Kontakt haben. Dabei kommt es zu den unterschiedlichsten Gesprächen und manchmal auch zu unbedachten Äußerungen. Sie sollen sich nun notieren, wer hat was, wann und wo gesagt. Nur so sind wir in der Lage, zukünftiges Unheil von unserem sozialistischen Vaterland abzuwenden. Wir müssen einfach unsere Gegner besser erkennen und zur Vernunft bringen. Über diese Beobachtungen fertigen Sie jeden Monat einen Bericht an und geben denselben bei einem, Ihnen noch zu benennenden Genossen ab. Wären Sie bereit, dies für uns zu machen?«

»Im Prinzip wäre ich selbstverständlich bereit.«

»Aber?«

»Aber ich bin mir nicht klar, ob ich Ihre Erwartungen erfüllen und Ihren Anforderungen gerecht werden kann.«

»Also, unsere Anforderungen sind nicht so, dass Sie diese nicht erfüllen könnten. Sie müssten sich natürlich hier und heute klar entscheiden. Wir zwingen Sie zu nichts, Sie können sich vollkommen frei entscheiden. Entweder Sie arbeiten mit uns zusammen und fliegen in wenigen Tagen nach Kairo oder Sie arbeiten nicht mit uns zusammen und bleiben zu Hause.«

»Natürlich will ich mit Ihnen zusammenarbeiten und habe die Hoffnung, dass ich Ihre Erwartungen erfüllen kann!«

»Gut, Genosse Tußmann, dann verpflichte ich Sie hiermit zu absolutem Stillschweigen über dieses Gespräch, gegenüber Jedermann. Also auch gegenüber Ihren Angehörigen. Wir haben eine Verpflichtungserklärung vorbereitet und ich bitte Sie, diese zu unterschreiben. Sie werden zukünftig bei uns als IM Müller geführt, d.h. als informeller Mitarbeiter, Berufszweig Mühlen. Weitere Details erfahren Sie bei dem Vertreter des MfS, bei der Handelsvertretung in Kairo. Wir hoffen auf eine erfolgreiche Zusammenarbeit und wünschen Ihnen eine gute Reise.«

Damit war die Besprechung beendet und Frank Tußmann entlassen. Er wusste nicht recht, ob er sich freuen soll oder ob er traurig sein muss. Er hatte sich dieses Privileg, im Ausland eingesetzt zu werden, mit einem Verrat seiner Freunde und Kollegen erkauft. Diesen Preis werde ich nicht zahlen, dachte er bei sich, ich werde schon Wege finden, diesen Verrat nicht durchführen zu müssen. Nachdem er sich solchermaßen selbst getröstet und beruhigt hatte, begann er, sich auf seine Reise zu freuen und diese vorzubereiten. Seine Kollegen und Freunde beneideten ihn sehr und er musste versprechen, ihnen so oft wie möglich zu schreiben.

Geheimnisvolles Kairo

Eberhart Vertan hatte inzwischen seine Reisevorbereitungen abgeschlossen und harrte mit größter Spannung der Dinge, die da kommen sollten.

Endlich war es soweit. Der langersehnte Reisetag war gekommen. Es war im März 1962. In Deutschland war es noch sehr kalt, wenn auch hin und wieder die Frühlingssonne etwas von ihrem angenehmen Zauber versprühte und anfing, die Natur mit einem zarten Grün zu überziehen.

Der Flug über Zürich nach Kairo war schon allein ein erhebendes Erlebnis und versetzte Eberhart in einen Rausch wie aus einem Märchen aus Tausendundeiner Nacht.

Bei der Landung in Kairo hatte Eberhart Schwierigkeiten mit den Ohren. Der Druckausgleich in der TU 104 war wohl nicht sehr effektiv und die Wirkung des Landebonbons nicht ausreichend. Aber wenige Minuten nach dem Verlassen des Flugzeuges wurde es zunehmend besser. Es war gegen 20 Uhr Ortszeit. Eine sehr angenehme, milde, ja für sein Empfinden schon warme Luft umfing ihn. Wie von Ferne drang ein unwahrscheinliches Stimmengewirr in sein, durch den Flug und die Landung leicht getrübtes Bewußtsein. Die hektische Betriebsamkeit um ihn herum taten ein Übriges, ihn zu verwirren. Wie benommen betrat er die Abfertigungshalle und war froh, als er alle Formalitäten hinter sich hatte. Richtig erleichtert war er aber erst, als er von einem Vertreter der Reimann AG, einem Exportkaufmann, in Empfang genommen wurde. Erschöpft ließ er sich in dessen Dienstwagen fallen. Die Fahrt durch das lichtüberflutete Kairo mit dem mehr als hektischen Treiben auf den Straßen und das ständige Hupen der Autos nahm ihm fasst die Sinne. Er war kaum in der Lage, mit seinem Betreuer einen vernünftigen Satz zu sprechen.

Die Vertreter der Reimann AG hatten zwar für seinen viermo-

natigen Aufenthalt in Kairo eine Wohnung angemietet, aber da
es schon spät am Abend war, brachte ihn sein Betreuer für diese
Nacht in ein Hotel der Mittelklasse, im Zentrum der Stadt, in
der Straße des 26. Juli (Sharia 26. July).

Die erste Nacht war für Eberhart Vertan sehr anstrengend.
Die ungewohnten Temperaturen und der frenetische Straßenlärm ließen ihn nicht zur Ruhe kommen. Als dann endlich in
den frühen Morgenstunden etwas Ruhe auf den Straßen eintrat
und er völlig übermüdet einschlief, wurde er sehr unsanft von
einem lauten »Allah el akbar« (Gott ist groß) aus seinen be-
ginnenden Träumen gerissen. Ein Muezin begann von einem
benachbarten Minarett, über Lautsprecher das Morgengebet in
die Nacht zu rufen. Aber letztendlich wurde er doch noch vom
Schlaf übermannt.

Am nächsten Morgen begab er sich mit einem Gefühl der Zer-
schlagenheit in den Frühstücksraum, um sich dort mit seinem
Betreuer zu treffen.

»Herr Vertan, Sie kommen nicht umhin, sich ein klein wenig
mit der Arabischen Sprache zu befassen, um sich am Anfang hier
überhaupt zurechtfinden zu können. Die wichtigsten Vokabeln,
um mit einem Taxi zu fahren, sind:

jimin	=	rechts
jimal	=	links
anadul	=	geradeaus und
stenne	=	anhalten, warten etc.

Weitere Vokabeln lernen Sie in dem Umgang mit den Menschen hier automatisch. Wichtig ist Geld, Preise und Zeitanga-
ben. Ein Taxi wird übrigens nicht bestellt, sondern am Straßen-
rand abgewunken. Wenn es frei ist, hält es sofort an.«

»Ich hoffe, ich kann das ein paar Tage mit Ihnen gemeinsam
üben«, entgegnete Eberhart.

»Ja, ich werde Sie noch in die wichtigsten Dinge einweisen und
mit Ihnen gemeinsam die wichtigsten Wege erledigen. Dann

allerdings müssen Sie allein zurechtkommen. Wir haben für Sie in Zamalek, in der Sharia Aziz Osman, eine wunderschöne Wohnung mit Blick auf den Nil angemietet. Sie können noch heute dort einziehen. Der Boab (ein arabischer Hausmeister) steht ihnen jederzeit zur Verfügung.«

Nachdem sie ihren Kaffee ausgeschlürft hatten, begaben sie sich direkt nach Zamalek, um das Gepäck in Eberharts Wohnung zu bringen. Zamalek ist ein Stadtteil von Kairo auf einer Insel im Nil. Staunend betrat Eberhart seine neue Wohnung. So schön hatte er sich das nicht vorgestellt. Eine große helle Diele mit Hausbar und gemütlicher Sitzgruppe lädt zum Verweilen ein. In Richtung Nil-Ufer schließt sich ein großer Wintergarten an, welcher durch eine sehr große Glasschiebetüre von einer Terrasse getrennt ist. Von hier kann man herrlich den Nil mit seinen Boten beobachten und richtig Relaxen. Ein sehr großes Schlafzimmer, die Wände mit weißer Seide tapeziert, schließt sich an. Ein separater Dienstboteneingang führt direkt in die Küche. Alles in allem- der absolute Luxus. Eberhart war irritiert.

»Dort drüben, in der Sharia Aziz Osman Nr. 10, befindet sich die Handelsvertretung der DDR,« erklärte ihm sein Begleiter.

Während sie sich in der Wohnung umsahen, brachte der Boab Eberhards Gepäck aus dem Auto in die Wohnung. Eberhard war überwältigt. Soviel Luxus hatte er noch nie gesehen. Schließlich kam er ja aus ärmlichen Nachkriegsverhältnissen aus der DDR.

»Und hier soll ich wohnen?« fragte er ungläubig.

»So ist es, Herr Vertan. Sie sind hier ein Vertreter der Reimann AG und haben außer Ihren technischen Aufgaben auch representative Funktionen zu erfüllen. Für all unsere arabischen Angestellten sind Sie der »Paschmohandes Sahib« der Herr Chefingenieur, und als solcher müssen Sie in einem Land wie Ägypten bestimmte Normen erfüllen. Ebenso ist es unbedingt erforderlich, dass Sie eine Hausangestellte oder -angestellten beschäftigen. Anderenfalls würden Sie hier Ihr Gesicht verlieren.«

»Ich hab ja noch nie in meinem Leben einen Diener gehabt, ich weiß überhaupt nicht wie man damit umgeht.«

»Sie werden sich sehr schnell daran gewöhnen, Herr Vertan.«
Der Rest der Woche verging mit den notwendigen Erledigungen und Wegen, sowie mit seinem Antrittsbesuch im Außenhandelsbüro der Reimann AG. Dieses Büro hatte seinen Sitz ebenfalls in Zamalek, in der Sharia Hassan Pasha Sabri. Er hatte es also gar nicht weit von seiner Wohnung zum Büro. Allerdings befand sich sein eigentlicher Arbeitsplatz in Heliopolis, einem anderen Stadtteil Kairos. Etwa in der Mitte zwischen dem Stadtzentrum und dem Flughafen gelegen. Dort waren auch mechanische Werkstätten, die zwar zum Eigentum einer Arabischen Gesellschaft gehörten, aber unter der Supervision der Reimann AG Teile zur Flugstabilisierung von Raketen herstellten.

Ebenfalls in Heliopolis befand sich eine Arabische Lehrwerkstatt für Feinmechanik, welche von der DDR organisiert, beliefert und geleitet wurde.

Bei seinem ersten Besuch seines Arbeitsplatzes staunte er nicht schlecht über den Ausrüstungsgrad der Fertigungshallen. Da gab es staubfreie Produktionsräume welche ständig unter einem leichten Überdruck standen und nur durch eine Personenschleuse zu betreten waren. Es gab hochfrequenztechnische Messanlagen, Raketenflugsimulatoren u.v.a.. Eberhard Vertan kam aus dem Staunen nicht heraus. Als »Pashmohandes« erhielt er natürlich ein eigenes Büro und einen »Wolle«. Das ist ein Junge als Laufbursche, der ihm ständig alle Wege abnahm. Er versorgte ihn mit Kaffee, Tee und allem, was er wünschte.

Eberhart Vertan stürzte sich sofort in seine Arbeit und verlor auch sein Ziel, seinen geheimen Auftrag, nicht aus den Augen. Als leitender Ingenieur hatte er natürlich Zutritt zu allen Räumen und war auch im Besitz sämtlicher Schlüssel. Unter dem

Deckmantel des Termindruckes arbeitete er jeden Tag sehr lange und hatte dadurch genügend Gelegenheiten, interessante Details und Zeichnungen mit einer Minikamera zu fotografieren.

In der Pharmacy (Apotheke) kaufte er ein Medikament gegen Durchfallerkrankungen, welches aus einem Glas mit Kapseln bestand. Das war insofern völlig unverfänglich, da ja alle Europäer in der ersten Zeit ihres Aufenthaltes im Orient unter Durchfall und Darmproblemen leiden. Zuhause öffnete er einige Kapseln, schüttete den Inhalt in die Toilette und verpackte in diesen leeren Kapseln die belichteten Filme. Aber wie weiter? Seine schriftlichen Berichte schickte er chiffriert an den Zwerg in Kassel. Über diesen V-Mann hielt er auch den Kontakt zur Zentrale aufrecht. Aber diese Medikamentengläser konnte er auf keinen Fall mit der Post dorthin schicken. In einem seiner Berichte hatte er nach einer Lösung gefragt und daraufhin kam eines Tages ein Telegramm:

herzlichen dank für deine bilder vom 13. mai aus dem auberg de pyramid stop brief folgt stop

gruß maurice lakol-blume

Dechiffriert ergab das Telegramm folgenden Sinn:

Übergabe der Bilder am 31. Mai im Nachtclub Auberg de Pyramid an Manfred Tuchol, Kennzeichen und Kennwort Blumen.

Eberhart hatte sich inzwischen eingelebt und kannte sich in Kairo, sowie auch in den Nachtclubs schon recht gut aus. Besonders gern ging er des Abends in den Nachtclub »The tree« (der Baum), unmittelbar am Nil an der Corniche. Eine dicke alte Kastanie stand mitten im Lokal und wuchs durch das Dach.

Der Unterschied zwischen den glamourösen Nachtclubs und den Wohnquartieren der Stadt ist kaum zu beschreiben. Es scheint, als wäre die Zeit dort stehengeblieben. Verhältnisse wie aus dem Mittelalter und der Neuzeit, eng nebeneinander.

Die Tatsache, dass sich ein verbündeter in Kairo aufhielt, den er bald kennen lernen sollte, gab ihm ein Gefühl der Sicherheit.

Zum ersten Mal bereitete sich Eberhart Vertan in Kairo auf ein Agententreffen vor. Trotz einiger Routine, welche er sich nun schon angeeignet hatte, war er doch ziemlich aufgeregt. Lange überlegte er, ob er seine Waffe einstecken sollte oder nicht. Aber dann legte er doch sein Schulterhalfter an, steckte seine Pillendose ein und fuhr mit einem Taxi in Richtung Pyramiden zu dem besagten Nachtclub, welcher unmittelbar an der Road of Pyramids lag. Unterwegs, bei einem Halt an einer Ampel, trat ein Straßenhändler mit Jasminblüten an sein Taxi. Eberhart kaufte ein paar Blütenketten, welche einen betörenden Duft verbreiteten. Die ganze Gegend schien nach Jasmin zu duften. Kurze Zeit später betrat er das Lokal. Mit den Blüten in der Hand (was in Kairo nichts ungewöhnliches ist), schlenderte er durch die Räume, bis er an einem Tisch einen Europäer sitzen sah, welcher die gleichen Jasminblüten auf dem Tisch liegen hatte. Als dieser Herr die Blüten in der Hand Eberhart's entdeckte, nickte er ihm freundlich zu. Eberhart trat an den Tisch und begrüßte Manfred Tuchol wie einen alten Bekannten mit den Worten:

»Nett Sie hier zu sehen, Herr Tuchol, Sie konnten wohl auch nicht dem Angebot der Blumen widerstehen.«

»Stimmt, Herr Vertan, ich mag Blumen sehr.«

Damit war das Kennwort ausgetauscht und man konnte sich nun ungestört unterhalten. Es stellte sich bald heraus, dass Manfred Tuchol von Beruf Flugzeugkonstrukteur ist und zeitweise in den Feinmechanischen Werkstätten der DDR in Heliopolis arbeitet. Er war Angehöriger der Botschaft der DDR in Kairo und pendelte mehrmals im Jahr zwischen Kairo und Berlin hin und her. Er war Offizier der Stasi und hatte in jahrelanger, mühevoller Kleinarbeit ein über das ganze Nildelta verteiltes Netz von geheimen Helfern aufgebaut, welche für ihre Gelegenheitsdienste nicht schlecht bezahlt wurden.

Während Manfred Tuchol dem Whisky mit Mineralwasser zusprach, labte sich Eberhart an seinem geliebten Campari/Martini mit Wasser. Während eines unverfänglichen Gespräches über die verschiedensten Medikamente, welche man sich auch zeigte, wurden die Büchsen heimlich, wie bei einem Zaubertrick, ausgetauscht. Während beide in dieser Art ihre Aufgaben erfüllten, lief auf der Tanzfläche das Showprogramm, ein orientalischer Tanz, ab. Sie tauschten geheime Telefonnummern aus und vereinbarten einen Treff für den nächsten Tag in Muski, am Central Post Office am Midan el Ataba. Manfred Tuchol wollte Eberhart Vertan mit einem geheimen V-Mann bekannt machen. Dieser betrieb im Khan el Khalili Basar einen Souvenierladen und galt in Agentenkreisen-Ost als sehr zuverlässiger Anlaufpunkt. Dort wollte man sich in Zukunft treffen, um Informationen auszutauschen. Khan el Khalili ist ein Stadtteil in Kairo, welcher nur aus Basarläden besteht. Es sind mehrere enge Gassen und Straßen, welche nach den Gewerken benannt sind. Also z.B. Lederstraße, Goldstraße, Silberstraße oder Gewürzstraße u.a..

Sehr zufrieden mit seiner Aufgabenerfüllung und mit dem Abend, verabschiedete sich Eberhart Vertan von seinem Stasi-Partner und begab sich nach Hause in seine gemütliche Wohnung. Zum Glück war am nächsten Tag Freitag, also der Arabische Sonntag und Eberhart konnte genüsslich ausschlafen.

Am nächsten Tag fuhr Eberhart mit seinem Dienstwagen durch die frenetisch hupende Blechlawine der Innenstadt zum Midan el Ataba (Platz des Ataba) und traf sich an der vereinbarten Stelle mit Manfred Tuchol. Es war Spätnachmittag und die Sonne hatte schon etwas von ihrer Kraft verloren. Trotzdem war es noch immer entsetzlich heiß in den Straßen der völlig überfüllten Stadt. Die Männer schlenderten durch die engen

Straßen des Basar's und sahen sich einige Auslagen an. Immer wieder wurden sie aufgefordert, einzutreten und zu kaufen. Es roch nach allem Möglichen. In der Hauptsache nach Gewürzen. Aber so richtig eindeutig konnte man es nicht definieren.

In der Enge der Gassen wurde das Tageslicht schon recht spärlich. Als sie in ein Geschäft für Orientalische Leder- und Holzwaren eintraten, wurden sie von dem Inhaber mit überschwänglicher Freundlichkeit begrüßt:

»Achlen ma sachlen Habibi, see saha?« (Herzlich willkommen, mein Haus ist Dein Haus mein Freund, was macht die Gesundheit?) Nach dem Austausch vieler orientalischer Floskeln und einem gründlichen Vorstellungszeremoniell bot sich der Ladeninhaber an, den Männern seine Geschäftsräume zu zeigen. Der Sinn war, dem Neuling den Raum geheimer Zusammenkünfte zu zeigen, wo man ungestört sprechen konnte. Sie durchschritten den hinteren Teil des Verkaufsraumes und gelangten durch eine fast unsichtbare Türe in einen kleinen Hof, welcher mit allerlei Unrat angefüllt war. Ein ziemlich abgemagerter Hund versuchte dort etwas Fressbares zu finden und sprang bei dem Anblick der Männer erschrocken zur Seite. Der Ladeninhaber herrschte den Hund an: »Immschi« (hau ab). Woraufhin der arme Hund den Schwanz zwischen die Beine klemmte und mit hängendem Kopf davonlief.

Auf der rechten Seite befand sich außen an der Hauswand eine schmale Stiege. Nachdem die Männer diese erklommen hatten, gelangten sie in einen kleinen Raum. In der Mitte desselben stand ein schmaler langer Tisch, über welchem eine einzelne Glühlampe leuchtete. Zu beiden Seiten saßen auf langen Bänken etwa zwölf Kinder im Alter zwischen 8 und 14 Jahren. Jedes hatte einen vorbereiteten Deckel einer hölzernen Schatulle und eine Pappschachtel mit zugeschnittenen Knochenteilen vor sich. Jeder hatte die Aufgabe, in möglichst kurzer Zeit mit einer Pinzette, aus diesen Knochenteilen einen Teil eines orientalischen Musters auf die vorgeleimte Fläche zu legen. Dann ging das Arbeitsstück zum nächsten, welcher ein anderes Teil des Musters zu legen hatte. Die Luft war stickig und es roch nach Leim und Schweiß. Es war erschreckend, wie konzentriert und verbissen hier diese Kinder arbeiteten, um sich ein paar Piaster zu verdienen. Hier wurden also die so beliebten Schatullen mit den orientalischen Intarsienarbeiten produziert. Unbeirrt durchquerten die drei Männer diesen Raum und gelangten in einen zweiten Arbeitsraum, in welchem drei junge Männer die Knochenteile zuschnitten und polierten. Mit diesem Raum war das Gebäude zu Ende. Wieder über eine Außenstiege gelangte die Gruppe in einen zweiten Hof, welcher nicht viel anders als der Erste aussah. Hier war noch weniger Licht als draußen in der Gasse. In diesem dritten Gebäude war die Gruppe endlich am Ziel. Durch eine niedrige Tür betraten sie einen Raum zu ebener Erde. Die Wände einschließlich der Fenster waren mit Teppichen behangen. An der Decke drehte sich mit leisem Summen ein riesengroßer Ventilator. Trotzdem war die Luft entsetzlich und man meinte, ersticken zu müssen. Der Raum wurde von zwei Stehlampen nur sehr spärlich beleuchtet und man musste sich erst an diese diffuse Beleuchtung gewöhnen, um überhaupt etwas erkennen zu können. Ein kleiner runder orientalischer Tisch mit vier Lederhockern bildete das gesamte Mobiliar. Der Ladeninhaber bat die beiden Herren, Platz zu nehmen und entfernte sich mit den Worten: »deeia wahet, menfadlak,« (eine Minute bitte) durch eine Geheimtür. Manfred Tuchol meinte erläuternd:

»Sicher wird Mr. Machmut für uns Tee holen. Nur hier, in diesem geheimen Raum, muss er das selbst tun, da darf keiner rein. Sonst hat er sein Personal.«

Wie vermutet, betrat nach wenigen Minuten Mr. Machmut den Raum durch die gleiche Tür, durch welche er ihn verlassen hatte. In der Hand trug er ein kleines Tablett mit drei Gläsern dampfenden Tees, schwarz wie die Nacht und süß wie die Sünde, sowie drei Gläser Wasser.

Manfred Tuchol steckte dem Araber heimlich einen Umschlag mit Geld zu, was den Mann sofort zu einer beängstigenden Beflissenheit beflügelte.

Nach ca. einer Stunde belangloser Gespräche wurde Eberhart Vertan in die Geheimnisse dieses Raumes eingewiesen. Hinter einem kleineren Wandteppich befand sich ein Safe, zu welchem Eberhart einen Schlüssel erhielt. Der Raum hatte drei Zugänge:

1. Der Zugang welchen die drei Männer benutzt hatten.
2. Die Geheimtür, welche Mr. Machmut zum Tee holen benutzte und
3. Eine Tür hinter einem Wandteppich,

welche in einen Kellergang führte. Dieser Kellergang lief unter mehreren Gebäuden her und mündete in einem Geräteraum einer öffentlichen Toilette, in der Nähe der Hauptstraße. Letzterer war nur als Notausgang für den Fall der Fälle vorgesehen. Im Normalfall wurde der zweite Zugang benutzt, welcher durch eine geheime Teeküche und mehrere Lagerräume führte. Die äußere Tür mündete in einer Basargasse zwischen zwei Souveniergeschäften, welche beide dem Mr. Machmut gehörten. Diese Tür war immer verschlossen und Eberhart Vertan bekam den Schlüssel dafür. Hinter jeder der drei Türen am Anfang des Zuganges zu dem Geheimzimmer gab es einen verborgenen Schalter. Wurde diese Tür geöffnet, blinkte im Geheimzimmer eine dieser Türe zugeordnete Lampe. Diese konnte mit dem verborgenen Schalter wieder auf Null geschaltet werden. Betrat also jemand den Gang, der den Schalter nicht kannte, blinkte die Lampe weiter und der oder die Anwesenden konnten sich durch den anderen Zugang entfernen.

Die Männer vereinbarten, dass Eberhart jederzeit ohne Anmeldung Zugang hatte und sein Filmmaterial in dem Safe deponieren konnte. Wurde ein Gespräch gewünscht, so wählte Eberhart eine Telefon-Nr. von Mr. Machmut und meldete sich mit Mr. Abiat (Herr Weiß, da er blonde Haare hatte) und bat Mr. Eswut (Herr Schwarz, da Manfred Tuchol schwarze Haare hatte) zu einem Gespräch. Damit waren alle Voraussetzungen für die zukünftige Zusammenarbeit der Stasi-Agenten geschaffen.

Die Männer verließen das Geheimzimmer natürlich auf dem gleichen Weg wie sie gekommen waren, denn sie mussten ja von den Leuten wieder gesehen werden, welche sie bei ihrer Ankunft sahen.

Nach diesem Abend fühlte sich Eberhart Vertan wesentlich wohler als vorher. Er hatte das Gefühl, einen Verbündeten in der Nähe zu haben. Trotzdem ließ er die erforderliche Sicherheit nie außer acht.

Einige Tage später, er war wieder einmal spät am Abend auf dem Weg zu seinem toten Briefkasten in Khan el Khalili, stellte er bei seinen Routine-Sicherheitsrecherchen fest, dass er verfolgt wurde. – Man muss wissen, dass man in Ägypten auch um Mitternacht noch einkaufen kann. Auf Grund der Hitze am Tage, spielt sich das Leben in der Hauptsache in der Nacht ab.- Eberhart bemerkte, dass er beschattet wurde. Ganz gleich, wer und warum, auf alle Fälle durfte er in dieser Situation seinen geheimen Treffpunkt nicht aufsuchen. Er schlenderte an seinem Treff vorbei und tat ganz unbefangen, als ob er nichts bemerkte. Es war bereits nach 22 Uhr, ein leichter Wind kam auf und machte die Temperaturen in den Gassen etwas erträglicher. Trotz der Nachtzeit waren die Gassen taghell erleuchtet und das Leben pulsierte wie in Europa am Nachmittag. Am Ende der Lederstraße, an einem Geschäft mit Ledersitzen und Kamelhockern, kam der Ladeninhaber auf die Straße und versuchte, Eberhart in das Geschäft zu locken.

»Schauen Mister, menfadlak nur schauen. Alles gut Leather, alles echt und alles billig. Nix kaufen Mister, nur schauen. Kommen und trinken einen Ahua Masbut (Kaffee süß).«

Eberhart überlegte kurz und dachte: Das ist eine gute Gelegenheit, die Verfolger abzuschütteln und zu beobachten. Er ging also in dieses Geschäft und wurde sofort in den hinteren Bereich geleitet. Während der Ladeninhaber weiter auf ihn einredete, wurde ihm der offerierte Kaffee serviert. Nachdem er ein paar Schlucke getrunken hatte, verspürte er plötzlich Kopfschmerzen und konnte nur noch sehr verschwommen sehen. Ich Idiot, dachte Eberhart, das hätte ich mir eigentlich denken können und damit versank er im Reich der Träume. Als er wieder zu sich kam, standen mehrere Männer um ihn herum, fächelten ihm Luft zu und schnatterten wild und lautstark durcheinander.

Nach wenigen Augenblicken war Eberhart wieder bei vollem Bewusstsein. Ein Blick auf die Uhr sagte ihm, dass nur wenige Minuten vergangen sein konnten.

»Mister, was ist Ihnen? Sind Sie krank? Plötzlich Sie schlafen. Wir wollten schon Doktor rufen, aber Sie nun wieder da«, sprach der Ladeninhaber in gebrochenem Englisch, mit einem halb erschrockenen und halb lachenden Gesicht.

Eberhart kontrollierte seinen Tascheninhalt und stellte zunächst beruhigt fest, dass die Büchse mit den Medikamentenkapseln noch da war. Auch seine Ausweispapiere waren vollständig vorhanden. Allerdings fehlte seine Geldbörse mit ca 100 Ägypt. Pfund.

»Mein Geld ist weg!«

»Oh Mister, wir Sie nicht angerührt, Alah ist unser Zeuge. Wir haben nichts von Ihnen genommen. Vielleicht Sie haben unterwegs verloren?«

Es war ihm völlig klar, dass es sich hier um einen raffinierten Diebstahl handelte. Das war ihm aber immer noch lieber als ein geheimdienstliches Problem. Natürlich war es ihm verboten in solchen Fällen die Polizei einzuschalten. Er musste irgendwie allein damit fertig werden. Deshalb griff er sich den Ladeninhaber, fasste ihn an der Galabea in Krawattenhöhe und schüttelte ihn leicht mit den Worten:

»Sollte ich dahinterkommen, dass Sie etwas mit dem Verschwinden meiner Geldbörse zu tun haben, dann wird Alah nicht verhindern können, dass Sie sehr hart bestraft werden. Haben Sie mich verstanden?«

»Ich verstanden Mister, ich nicht wissen wo Ihr Geld, ich schwöre bei Alah.«

»Schwöre lieber nicht, Du Aas.« Mit diesen Worten, welche er auf Deutsch sprach, ließ er den Mann los. Noch immer leicht benommen, machte er sich auf den Heimweg.

Die freien Tage an den Wochenenden nutzte Eberhart, um das geheimnisvolle Land etwas näher kennenzulernen. Mit seinem Dienstwagen unternahm er Ausflüge nach Alexandria, Mehalla el Kubra und andere interessante Orte im Nil-Delta. Er besuchte El Alamein, wo die entscheidende Schlacht unter Feldmarschall Rommel im zweiten Weltkrieg stattfand und Marsa Matruk, die Stadt auf dem Weg nach Libyen. Er unternahm gewagte Ausflüge in die Wüste und lernte so auch die Gefahren des Landes kennen.

Inzwischen kannte er sich im Nildelta schon sehr gut aus. Deshalb benutzte er nicht immer nur den Highway nach Alexandria, um bestimmte Orte im Nildelta zu erreichen, sondern nahm Abkürzungen, aber auch Umwege über das Land, um alles kennenzulernen.

Zu dieser Zeit bestanden bereits enorme Spannungen zwischen Ägypten und Israel. Ägypten rüstete auf und bereitete sich auf eventuelle Luftangriffe vor. Es wurden im Delta an mehreren Stellen Flak-Stellungen auf Dächern und in Höfen von öffentlichen Gebäuden, wie Schulen o.ä. eingerichtet. So kam es, dass er eines Tages in arge Bedrängnis geriet. Er war wieder einmal im Delta unterwegs, als er in einer Ortschaft von einem Militärposten angehalten wurde. Sein Auto war ja vom Kennzeichen her schon von weitem als Fahrzeug eines Ausländers zu erkennen. Der Posten befahl ihm, auszusteigen und brachte ihn, mit schussbereiter Waffe im Anschlag, in das Gebäude. Dort wurden seine Papiere kontrolliert. Dann wurde er eingehend befragt, woher, wohin und weshalb er gerade diese Straße benutzte und nicht die Hauptstraße. Anschließend machte man ihm klar, dass er unter Spionageverdacht steht und dass er versuchen würde, für die Israelis die Standorte der Ägyptischen Militärstützpunkte zu erkunden. Man müsste in Kairo die Sicherheitspolizei anfordern. Solange müsste er hier bleiben. Nach dieser Eröffnung sperrte man ihn in ein kleines Zimmerchen mit vergittertem Fenster. Der Fußboden bestand aus gestampftem Lehm. Die ganze Einrichtung bestand aus einer grob zusammengezimmerten Holzliege. Kein Licht, keine Möbel, aber Tausende von Fliegen und Mücken, welche sich sofort auf ihn stürzten. Was ist denn nun wieder los, dachte Eberhart und lies sich erschöpft auf die sehr unbequeme Liege fallen. Nach kurzer Zeit reichte man ihm einen Keramikkrug Wasser herein. Zu essen erhielt er nichts. Trotz der Mückenplage und der Aufregung übermannte ihn spät in der Nacht doch noch der Schlaf.

Am nächsten Vormittag, so etwa gegen 11 Uhr, kam ein Fahrzeug mit einem Sicherheitsbeamten aus Kairo, und Eberhart wurde geholt. Der Beamte behandelte Eberhart mit ausgesuchter Höflichkeit und entschuldigte sich bei ihm wegen des erlittenen Ungemachs.

»Sie müssen wissen,« begann er seine Erklärungen, »wenn wir hier im Delta irgend etwas einrichten, dann ist Israel zwei Tage später bereits darüber informiert, und wir wissen nicht, woher. Deshalb müssen wir jedem Verdacht einer eventuellen Spionage auf den Grund gehen. Wir mussten also auch über Sie zunächst Auskünfte bei Ihrer Botschaft einholen. Es ist alles in Ordnung.

Hier sind Ihre Papiere. Wir bitten Sie um Ihr Verständnis und wünschen Ihnen noch einen angenehmen Aufenthalt in Ägypten.« Damit war Eberhart entlassen und konnte seinen Weg fortsetzen.

Auch in Kairo selbst unternahm er ausgedehnte Spaziergänge und musste feststellen, dass man nicht an allen Plätzen auf die Touristen gut zu sprechen ist. Einmal, er schlenderte von der Innenstadt in Richtung Nil-Cornich, kam er an einer Teestube der armen Leute vorüber. Diese Teestuben bestehen aus einer Hütte, welche aus Holzabfällen grob zusammengefügt und nach einer Seite völlig offen ist. Die Einrichtung besteht aus ein paar Bänken und selbstgezimmerten Tischen. Ein Propangas- oder Benzinkocher ist die Teeküche. Dort sitzen ausschließlich Männer, rauchen Wasserpfeife, trinken Tee und spielen ein arabisches Brettspiel. Der Wirt, in einer Galabea, welche irgendwann vor langer Zeit einmal weiß war, kocht den Tee und hält die Wasserpfeifen in Betrieb. Auf den Tabak der Wasserpfeifen müssen immer wieder kleine glühende Holzkohlestückchen aufgelegt werden, um sie in Betrieb zu halten. An solch einer Teestube kam Eberhart vorüber und fand sie ungeheuer interessant. Er zückte seine Kamera und wollte die Teestube mit den Männern fotografieren. Bevor er auf den Auslöser drücken konnte, sprangen von allen Seiten Männer auf ihn zu und stellten sich vor das Objektiv. Erschrocken nahm er die Kamera vom Auge und sah in grimmige Gesichter, welche entschlossen schienen, ihn umzubringen. Wild gestikulierend schimpften die Männer auf ihn ein. Er verstand natürlich kein Wort. Nun machten sie Anstalten tätlich zu werden und wollten ihm die Kamera entreißen. Ein auf der anderen Seite patrouilierender Polizist, welcher auf dem Ärmel die Aufschrift »Tourist Police« trug, kam ihm zu Hilfe. Er zwängte sich zwischen die Angreifer und Eberhart und schrie die Araber an, sie sollten den Europäer in Ruhe lassen. Er scheute sich auch nicht, ein paar Mal hart zuzuschlagen. Der

Polizist erklärte nun Eberhart in Englischer Sprache, dass diese Leute auf keinen Fall fotografiert werden möchten, da sie der Meinung sind, dass diese Bilder im Ausland dazu angetan sind, Ägypten zu verunglimpfen und das Land in einem verkehrten Licht zeigen. Ohne das Eingreifen des Polizisten wäre der Ausgang sicherlich nicht so glimpflich gewesen. Diese kleine Erfahrung hat sich Eberhart sehr zu Herzen genommen und danach immer erst genau überlegt, was er fotografiert.

Die Zeit verging wie im Fluge, es wurde Herbst und Eberhart leistete nach allen Seiten eine sehr gute Arbeit. Die Temperaturen wurden nun auch allmählich etwas erträglicher.

Natürlich wurde seine Person auch vom Bundesnachrichtendienst der BRD skeptisch beäugt. Er galt als DDR-Flüchtling und arbeitete in Bereichen mit hohem Geheimhaltungsgrad. Seine Besuche im Muski-Basar in Khan el Khalili wurden als überdurchschnittlich oft eingestuft. Aber da er auch meistens etwas kaufte, manifestierte sich daraus noch kein Verdacht.

Im Laufe der Zeit stellte sich aber auch bei Eberhart so etwas wie Heimweh ein. Er sehnte sich einfach nach ein paar bekannten Gesichtern, nach Waldluft, einer Bockwurst und einer Scheibe richtigem Brot. Eigenartigerweise verband die in seiner Nähe befindliche Handelsvertretung der DDR seine Gedanken mit seiner Heimat. Deshalb stand er oft hinter seinem Küchenfenster, von wo aus er die Vertretung gut im Blick hatte. Er beobachtete, wie Dienstreisende die Vertretung betraten und verliessen. Plötzlich, er glaubte seinen Augen nicht zu trauen, sah er ein bekanntes Gesicht. Er war sofort hellwach und in großer Aufregung. Während sich der Ankömmling in der Vertretung befand, holte sich Eberhart sein Fernglas, welches er immer griffbereit auf seinen Ausflügen bei sich führte und wartete geduldig auf dessen Rückkehr. Da, ja ja, das ist er, Frank Tußmann aus

Riesa! Bevor Eberhart dieses Ereignis richtig erfassen konnte, war Frank Tußmann verschwunden. Er war ein Jugendfreund Eberharts. Sie hatten sich vor mehreren Jahren aus den Augen verloren. Eberhart konnte es nicht fassen, seinen Jugendfreund hier in Kairo zu sehen. Aber nun war er wieder verschwunden. Eberhart zerbrach sich den Kopf, wie er seinen Freund wohl wiederfinden könnte. Es war völlig undenkbar und unmöglich, in die Handelsvertretung der DDR zu gehen und dort nach Frank Tußmann zu fragen. Da hatte Eberhart einen Einfall. Er wusste, dass sich sehr viele Dienstreisende in der Sharia Soliman Pasha, bei einem Lederschneider einen Ledermantel anfertigen lassen. Er selbst war auch schon sehr oft dort und kannte den Inhaber, Mister Nabil, sehr gut. Nach mehreren Tagen ging er also zu Mr. Nabil und bat ihn um die Erlaubnis, in sein Auftragsbuch schauen zu dürfen. Natürlich erhielt er als guter Kunde und Freund des Hauses die Erlaubnis sofort. Er wurde auch sofort fündig und las u.a. »Frank Tußmann.« Sein Herz jubelte. Er erfuhr auch von Mr.Nabil, wann der Herr Tußmann zur Anprobe bestellt war. Sie vereinbarten, dass sich Eberhart ebenfalls zu diesem Termin einfinden wird. Die Überraschung und Sensation für Frank Tußmann war perfekt, als sich die beiden Männer in dem Geschäft gegenüberstanden. Sie umarmten sich sehr herzlich und bei beiden war die Ergriffenheit nicht zu übersehen. Mr. Nabil gestattete den beiden Männern, sich in seinem Büro ungestört zu unterhalten. Frank Tußmann war im Auftrag eines Außenhandelsunternehmens der DDR als Monteur und Supervisor für Getreidemühlenmontagen in Ägypten. Eberhart erzählte ihm nur seine berufliche Laufbahn. Beide verschwiegen natürlich ihre Tätigkeit für die Stasi der DDR. Es war ihnen zwar beiden nicht wohl bei dem Gedanken, einen guten Freund zu belügen, aber im Moment gab es keine Alternative. Sie vereinbarten, sich von Zeit zu Zeit heimlich zu treffen. Auch wenn Frank zu Eberhart in die Wohnung ging, musste dies ganz heimlich bei Nacht und Nebel geschehen. Wäre Frank Tußmann bei Eberhart gesehen worden oder wäre auch nur bekannt geworden, dass sich ein DDR-Bürger mit einem Bürger der BRD trifft, dann hätte man den DDR-Bürger, also in dem Fall den Frank Tußmann, mit dem nächsten Flieger unter Bewachung in die Heimat abgeschoben. Sie haben es verstanden, ihre Treffen so zu gestalten, dass es kein Mensch bemerkte.

In der Zwischenzeit hat man im Ministerium für Staatssicherheit in Berlin festgelegt, dass Eberhart wegen seiner überdurchschnittlich guten Ergebnisse doch für längere Zeit in Ägypten arbeiten sollte. Über einflussreiche Mittelsleute wurde bei der Reimann AG in Kassel erreicht, dass der Einsatz von Eberhart in Ägypten für mehrere Jahre verlängert wurde. So erhielt Eberhart Vertan noch im Herbst 1962 von seinem Unternehmen den Auftrag, die Produktionsleitung der Außenstelle Kairo für fünf Jahre zu übernehmen. Zu diesem Zweck sollte er nach Hause fliegen, im Betrieb alles Notwendige regeln, seine Wohnung in Kassel auflösen und dann mit größerem Gepäck in Kairo wieder anreisen.

Dem Bundesnachrichtendienst waren in der Zwischenzeit einige Ungereimtheiten aufgefallen, mit denen sie aber nicht viel anfangen konnten. Natürlich wäre es eine Leichtigkeit gewesen, den Eberhart Vertan wegen einiger Verdachtsmomente aus diesem Geschäft zu eliminieren. Aber da waren einige Dinge, deren Hintergründe aufgeklärt werden sollten. So wollte man also unbedingt herausfinden, welche Aufgaben Eberhart Vertan hatte und wer seine Mittelsmänner waren. Es musste eine Möglichkeit gefunden werden, Eberhart Vertan kontinuierlich zu observieren. Damit fielen Entscheidungen, welche den weiteren Weg von Eberhart Vertan vorzeichneten.

Kapitel V
Das neue Leben im Orient

Die Vorbereitung

Als Eberhart Vertan in Kassel ankam, hatte er zunächst große Schwierigkeiten mit der Temperaturumstellung. Aus der warmen Sonne Nord-Afrikas in die herbstlich nasse Kälte Deutschlands zu kommen, machte ihm doch mehr zu schaffen als er glaubte. Nach einer kurzen Erkältung lebte er sich aber schnell wieder zu Hause ein.

Der Bundesnachrichtendienst wusste sehr schnell, dass Eberhart Vertan in Ägypten zum Langzeiteinsatz kommen sollte und denselben zur Zeit in der Heimat vorbereitete. Um ihn besser unter Kontrolle zu bekommen und seine Geheimnisse durchleuchten zu können, wurde beschlossen, dass er eine Agentin des Bundesnachrichtendienstes heiraten müsste, welche mit ihm nach Ägypten reisen sollte. Da gab es eine Agentin, welche zwar noch in der Ausbildung stand, aber sonst alle Voraussetzungen erfüllte. Sie war jung, ledig und hatte eine abgeschlossene Berufsausbildung als Lederwarendesignerin und war ihrem Vaterland treu ergeben. Ihr Name war Elvira Hofer und sie lebte in Köln. In Bonn wurde sie auf die Beschattung bestimmter Besucher aus der DDR vorbereitet. Mit einem lukrativen Angebot wurde ihr die neue Aufgabe vorgestellt und schmackhaft gemacht. Sie war abenteuerlich genug veranlagt, dass ihr die Aussicht, in Ägypten zu agieren, sofort gefiel. Dass sie dabei heiraten sollte, störte sie nicht. Dass er jung und hübsch war, wusste sie ja aus seiner Beschreibung. Sie erhielt seine Adresse sowie Telefonnummer und wurde nach Kassel in Marsch gesetzt. Dem Auftrag kam natürlich sehr zugute, dass Elvira in Köln keine Angehörigen hatte, sie stammte aus Hamburg.

Wenige Tage nach diesen Ereignissen klingelt gegen Abend bei Eberhart Vertan das Telefon:

»Vertan.«

»Guten Abend, Herr Vertan. Hier spricht Elvira Hofer. Bitte verzeihen Sie mir diese Störung, ich will Sie auch nicht lange aufhalten. Ich hätte Sie gerne einmal in einer privaten Angelegenheit gesprochen.«

»Worum geht's denn, Frau Hofer?«

»Ich bin Lederwarendesignerin und habe sehr interessante Entwürfe. Ich weiß, dass es in Kairo sehr moderne und elegante Lederwarengeschäfte gibt und dass Sie in Kairo tätig sind. Wenn Sie eventuell für mich so ein paar Entwürfe dort abgeben würden, wäre ich Ihnen sehr dankbar und würde Ihnen das auch sehr gut bezahlen.«

»Ja, warum nicht, Frau Hofer, natürlich können wir uns unterhalten und wenn es geht, helfe ich Ihnen gern.«

»Da danke ich Ihnen schon einmal ganz herzlich für Ihre Bereitschaft.«

»Ich würde Ihnen vorschlagen, dass wir uns morgen Nachmittag gegen 16.30 im Kaffee Dillinger, in der Nähe des Hauptbahnhofes, treffen. Ich werde allein am Tisch sitzen und vor mir eine Zeitung liegen haben.«

»Herzlichen Dank, Herr Vertan, ich werde pünktlich sein. Auf Wiederhören Herr Vertan.«

»Auf Wiederhören Frau Hofer.«

Seltsam, dachte Eberhart, da ruft eine wildfremde Frau an und ich sag ihr direkt ein Rendezvous zu. Woher weiß sie, dass ich in Kairo tätig bin, woher hat sie meine Telefonnummer? Na, wie auch immer, ich werde es in Erfahrung bringen und doch auf der Hut sein. Jedenfalls hat sie eine sehr sympathische Stimme und Art zu sprechen.

Der nächste Tag war ein Freitag. Das Wochenende wurde eingeläutet und alles ging pünktlich nach Hause. So auch Eberhart. Beschwingt lenkte er seine Schritte direkt in das Kaffee Dillinger am Bahnhof. Kaufte sich noch die Tageszeitung am Kiosk und betrat dann gut gelaunt das Kaffee. Einige Tische waren doch schon besetzt, aber er fand noch einen sehr schönen Platz am Fenster. Ein Raumteiler erzeugte den Eindruck, fast allein im Lokal zu sein. Nachdem er sich ein Kännchen Kaffee bestellt hatte, betrat eine junge Frau das Lokal und ging, nach einem kurzen Umschauen, zielstrebig auf Eberharts Tisch zu.

»Herr Vertan?« sprach sie ihn an.

Er stand auf. »Ja das bin ich und ich nehme an, Sie sind Frau Hofer?«

»Ja, guten Tag Herr Vertan, ich bin Ihnen sehr dankbar, dass Sie mir die Möglichkeit einräumen mit Ihnen zu sprechen und dass Sie sich bereit erklärt haben, sich meine Entwürfe anzusehen.«

Die Erscheinung der jungen Frau irritierte ihn so, dass er schon fast stammelte:

»Das mach ich doch gern!« – und nahm ihr galant den Mantel ab. Indem er ihn zur Garderobe brachte, dachte er bei sich: wow, ist das eine Frau. So etwas sieht man nicht sehr oft. Er setzte sich wieder zu ihr an den Tisch und bestellte für sie ein Kännchen Kaffee nach. Während er sich mit ihr über das wieso und woher unterhielt, versuchte er möglichst unauffällig ihre Erscheinung zu betrachten und in sich aufzunehmen. Blonde Haare, dezentes Make up, gepflegtes Äußeres, ein Gesicht wie eine Puppe und eine schwindelerregende Figur, welche durch ihre Kleidung noch so richtig betont wurde. Es wurde ihm schon langsam klar, dass er ihr keinen Wunsch abschlagen kann. Die Art, wie sie sich gab und mit ihm sprach, sorgte dafür, dass sehr schnell ein kleiner Funke auf ihn übersprang. Als dann aber, bei der Erläuterung der Taschenentwürfe, wie aus Versehen ihre Brust seinen Arm berührte, durchfuhr ihn ein Blitz, der ihm fast die Sinne schwinden ließ. Mein Gott, dachte Eberhart, steh mir bei.

Dieses Wesen ist im Begriff, mir radikal den Kopf zu verdrehen. Sie war noch näher an ihn herangerückt, um ihm die Entwürfe noch besser zeigen zu können. Da fiel sein Blick zufällig auf ihr Knie, welches durch das Verrutschen des ohnehin sehr kurzen Rockes freigelegt war. Eberhart's Hand fing unmerklich an zu zittern. Aber sie hatte seine Reaktionen natürlich schon längst bemerkt und konstatierte eiskalt im Inneren, dass sie ihr Ziel erreichen wird. Während sie noch erklärte, legte sie ihre Hand vorsichtig auf seine und sagte:

»Und deshalb bin ich Ihnen so unsagbar dankbar, dass Sie das für mich machen wollen.« Er fühlte Ihre Hand wie Feuer auf der seinen brennen und stammelte: »Das mach ich wirklich gerne für Sie Frau Hofer und ich habe mich schon immer für schöne Lederwaren interessiert. In Kairo, da gibt es in der Sharia Qasr el Nil ein sehr elegantes Lederwarengeschäft. Das werde ich für Sie besuchen.«

»Danke, Herr Vertan, Sie sollen das aber nicht umsonst machen. Ich bezahle Ihnen für Ihre Mühe 100,- DM.«

»Das kommt überhaupt nicht in Frage, Frau Hofer. Ich freue mich, dass ich Sie kennengelernt habe und dass ich Ihnen diesen kleinen Gefallen tun kann. Wissen Sie was, bitte tun Sie mir den Gefallen und gehen Sie mit mir heute Abend essen.«

»Aber gerne, Herr Vertan, herzlichen Dank für die Einladung.«

Sie unterhielten sich noch eine Zeitlang über Ägypten und das Wetter, dann bezahlte Eberhart Vertan die Rechnung, natürlich gegen den Protest von Elvira Hofer. Sie schlenderten noch ein Weilchen durch Kassel, wobei sich Elvira kurzerhand bei Eberhart einhakte.

Es war Abend geworden, ein leichter Nieselregen setzte ein und der unangenehme Herbstwind ließ die Temperaturen kälter empfinden, als sie waren. Eberhart meinte deshalb:

»Ich kenne ein sehr gemütliches Lokal, wo man sehr gut essen kann. Es ist das Hotel Reiß, ganz in der Nähe vom Hauptbahnhof, lassen Sie uns dahin gehen.«

»Da bin ich sehr einverstanden,« erwiderte Elvira, »dort bin ich nämlich abgestiegen.«

Nach wenigen Minuten betraten sie besagtes Hotel. Das Restaurant war sehr gemütlich eingerichtet und besaß eine kleine Tanzfläche. In der Ecke neben der Tanzfläche waren Musikinstrumente verpackt abgestellt.

Aha, dachte Elvira, Speisen und Tanzen. Er hat also schon ganz schön angebissen. Mir kann es nur recht sein. Ich bin wenigstens gleich zu Hause.

Sie fanden ein gemütliches Plätzchen, nicht zu weit, aber auch nicht zu nah an der Tanzfläche. Es dauerte nicht lange, da kamen die ersten Musiker und bauten ihre Instrumente auf. Es war ein Tanzquintett in der Besetzung Klavier, Saxophon, Bass, Gitarre und Schlagzeug.

Während des Abendessens begann die Kapelle mit dezenter Barmusik. Es war angenehm und beflügelte die Phantasie. Noch tanzten nur vereinzelte Paare. Nach dem Essen und einer kurzen Pause der Kapelle erklang der Slowfox »Gonna take a sentimental journey.« Eberhart sah seinen Moment gekommen:

»Darf ich bitten, Frau Hofer?«

»Aber gerne.«

Sie erhoben sich und gingen zur Tanzfläche. Während der ersten Tanzschritte glaubte er zu träumen. Sie schmiegte sich eng an ihn. Seine rechte Hand fühlte ihre Rückenwirbel durch das dünne Kleid. Diese Nähe der schönen und verführerischen Frau, nahm ihm fast die Sinne. Federleicht ließ sie sich führen. Er war überglücklich und gestand sich ein, dass er sich auf Anhieb in Elvira verliebt hat. Als nächstes in dieser Runde intonierte die Kapelle den Foxtrott »Stardust.« Ein etwas beschwingter Titel, wo auch beide ihr tänzerisches Temperament ausleben konnten. Zum Abschluss dieser Runde wurde die Beleuchtung gedrosselt und im Halbdunkel erklang der langsame Walzer: »Ich tanze mit Dir in den Himmel hinein.« Bevor sie den ersten Schritt machten, sahen sich beide tief in die Augen, dann zog er sie langsam ganz dicht an sich heran, legte seinen Kopf an den ihren und flüsterte leise:

»Verzeih mir, Elvira, ich liebe Dich.« Sie schaute ihn an und er küsste sie leidenschaftlich, wie er noch nie geküsst hatte. Nach diesem Kuss war nichts mehr wie vorher. Sie schaute ihn nur an und sagte:

»Ach Eberhart, ich hoffe, es ist nicht nur ein Spiel und Du weißt, was Du da sagst.«

»Ja, Elvira, es ist mir sehr ernst. Seit dem ersten Moment, als ich Dich sah, wusste ich, dass ich Dich liebe.«

Elvira schlief natürlich nicht im Hotel, sondern ging mit ihm nach Hause. Sie verbrachten gemeinsam eine leidenschaftliche Nacht.

Am nächsten Morgen kümmerte sich Elvira um das gemeinsame Frühstück. Als Eberhart den liebevoll gedeckten Frühstückstisch sah, nahm er sie zärtlich in den Arm:

»Elvira, ich danke Dir von Herzen für Deine Liebe und unserem Herrn, dass er mich mit Dir zusammengeführt hat. Ich möchte Dich nie mehr hergeben müssen. Da ich in wenigen Wochen für mindestens fünf Jahre nach Ägypten muss, frage ich Dich deshalb: Willst Du meine Frau werden?«

Zunächst war Elvira sprachlos. So schnell hatte sie nicht mit einem Antrag gerechnet, obwohl es natürlich ihr Auftrag und ihr Ziel war. Plötzlich war ihr die Sache nicht mehr so abenteuerlich. Sie spürte ja, dass Eberhart sie wirklich liebte. Sie selbst war sich über ihre Gefühle nicht mehr so sehr im Klaren. Sie ließ sich da in eine Sache ein, deren Ausgang völlig ungewiss war. Trotzdem sagte sie:

»Ja, Eberhart, auch ich liebe Dich über alles und möchte nicht mehr ohne Dich sein.«

Das anstehende Wochenende genossen sie beide in leidenschaftlicher Liebe. Dann fuhr Elvira nach Köln, um ihre Sachen zu holen. Sie löste ihre kleine Wohnung auf. Da sie möbliert wohnte, war kein großer Umzug erforderlich. Die Eheschließung wurde formell vorbereitet und sechs Wochen später in kleinstem Kreis mit ein paar Freunden vollzogen.

Natürlich hatte Eberhart seinen V-Mann, den Zwerg, telefonisch von seinem Schritt informiert. Dieser wiederum hat die Information an den Führungsoffizier, Werner Holstein, weitergegeben. In einer Besprechung »zur Lage« in der Stasi-Zentrale in Berlin, wurde zunächst festgelegt, dass die Person Elvira Vertan geb. Hofer genau zu überprüfen sei und dass die Überwachungs- und Vorsichtsmaßnahmen bei der Zusammenarbeit mit Eberhart Vertan zu verstärken sind. Die Außenstelle Kairo wurde entsprechend informiert und angewiesen.

Die Übersiedlung nach Kairo

Mitte Februar 1963 reiste das junge Ehepaar Vertan mit reichlich Gepäck und Luftfracht nach Ägypten. Zu dieser Zeit sind die Temperaturen in Ägypten sehr angenehm, sodass der Umstellungsschock für Elvira ausblieb. Allerdings beeindruckte sie das Leben in Kairo genau so sehr, wie es jedem Europäer geht, der dieses Land zum ersten Mal betritt. Sie bezogen gemeinsam Eberhart's Wohnung in Zamalek, in der Sharia Aziz Osman Nr. 6. Eberhart war ja nun schon ein alter Hase, sprach schon allerhand Arabisch und kannte sich gut aus.

Die ersten Wochen brauchte Elvira, um die Stadt, das Land und die wichtigsten Grundlagen der Sprache kennenzulernen, damit sie in der Lage war, mit ihrer Hausangestellten Samira umzugehen.

In Kairo gibt es mehrere sehr elegante Lederwarengeschäfte.

Eines davon, in der Sharia Soliman Pasha, wird von einer Lederwarenfabrik aus Offenbach geführt. Der Geschäftsführer dieser Außenstelle war natürlich ein Deutscher und ein V-Mann des Bundesnachrichtendienstes. Von seinem Unternehmen war er angewiesen worden, Elvira Vertan, geb. Hofer, fest einzustellen. Über diesen Geschäftsführer fanden auch die chiffrierten Kontakte zum Bundesnachrichtendienst statt. Er wusste natürlich auch, dass Elvira Vertan im Auftrag des BND in Kairo ist, jedoch ihre Aufgaben kannte er nicht. Er vermittelte die Kontakte zu einem V-Mann des BND und ermöglichte geheime Gespräche in seinem kleinen abhörsicheren Büro.

Nachdem Elvira ihre Arbeitsstelle angetreten hatte, begann sie mit intensiven Recherchen über die Arbeit Eberhart's. Zunächst fiel ihr auf, dass er sehr oft Überstunden macht. Aber dies könnte ja, bei einem bestimmten Arbeits- und Zeitdruck, normal sein. Die Zeit verging. Beide gingen ihrer Arbeit nach und Elvira konnte keinerlei Hinweise auf irgendeine geheimdienstliche Tätigkeit feststellen.

Eines Tages jedoch, Elvira bürstete ein Jackett von Eberhart aus, fand sie eine Quittung einer Pharmacy (Apotheke) über ein Medikament gegen eine Durchfallerkrankung. Als sie ihn am Abend danach fragte, sagte er:

»Das hab ich kürzlich für einen Arbeitskollegen besorgt und vergessen, ihm die Rechnung zu geben.«

Das war zwar relativ unverfänglich, aber dem geschulten Blick Elvira's war nicht entgangen, dass Eberhart erschrocken war und ihm ein Anflug von Röte über sein Gesicht zog. Außerdem kannte sie natürlich den Trick mit den Mikrofilmen in den Medikamentenkapseln. Dies war der erste Verdachtsmoment, der in ihr aufstieg.

Vieles ging in der ersten Zeit wegen der interessanten gemeinsamen Unternehmungen unter. Es gab ja auch für einen Europäischen Neuling im Orient sehr viel zu entdecken. Beide machten in der Anfangszeit viele gemeinsame Ausflüge. An den Pyramiden von Gizeh z.B. lief sechsmal in der Woche das Spektakel: »Licht und Ton an den Pyramiden.« Jeden Tag in einer anderen Sprachversion. Das war unter anderem das Erste, was sich Eberhart und Elvira anschauten. Der Eindruck und das Ambiente ist gewaltig. Die Stuhlreihen stehen im Sand mitten in der Wüste. Vor sich die Pyramiden als »Bühne«, mit einer Breite von ca 2 km und einer Höhe von 145 m. Nach Einbruch der Dunkelheit beginnt ein gigantisches Schauspiel. Etwa 850 Scheinwerfer mit einer Leistung von je 1000 Watt, welche in der gigantischen »Bühnenanlage« verborgen sind, zaubern unvorstellbare Lichteffekte auf die Sphynx und die Pyramiden. Hunderte von verborgenen Lautsprechern erwecken den Eindruck, als würde man mitten in einem Konzertsaal und Sprechtheater sitzen. Eine gewaltige Musik, welche einem eine Gänsehaut auf dem Körper erzeugt, leitet das Spektakel ein. Der Himmel hinter den Pyramiden erhellt sich zu einem künstlichen Morgenrot und eine Stimme erschallt:

»Sie befinden sich heute Abend an einem der phantastischsten Plätze der Welt: der Ebene von Gizeh. Niemand, ganz gleich ob König, Handelsmann oder Poet, bleibt unberührt in seinem Herzen, wenn seine Wege ihn hier vorüberführen. Nun, da sich der Vorhang der Nacht von der Bühne hebt, kann das Spiel beginnen, welches uns vom Drama einer Kultur berichtet. Die Personen sind zur Stelle. Es sind dieselben, die damals schon dabei gewesen, ihr Antlitz dem Sandwind entgegengehoben, wie damals.«
»...und über Zeit und Raum dringt der Wüste Stimme her zu uns...«

Etwa 2,5 Std. spricht ein Erzähler, die Sphynx, der Pharao und Bedienstete desselben. Sie berichten über das Leben von damals, erzählen von einer Krönungszeremonie, Tod und Balsamierung.

Benommen und noch völlig unter dem Eindruck des Gehörten, bummelten beide anschließend noch durch den nächtlichen Ort Gizeh. Das Dorf bietet Nachts ein farbenprächtiges Bild des Orients. Handwerker sitzen bei dem Schein einer Benzinlampe vor ihren kleinen Geschäften und arbeiten. Ein Graveur bearbeitet einen großen Kupferteller, welcher von einem Stück Teer gehalten wird. Schuhmacher und Schneider arbeiten an ihren Werkstücken. Händler stehen neben riesigen Bergen von Früchten und bieten lautstark ihre Waren an. Vor einer Gaststätte sitzen Männer und rauchen große Wasserpfeifen, während ein Kellner immer wieder kleine glühende Holzkohlestückchen auf den Tabak legt, um die Glut am Leben zu halten. Andere trinken Tee und unterhalten sich bei einem speziellen Brettspiel. Aus dem Inneren klingt laute Radiomusik. Erst spät in der Nacht traten Eberhart und Elvira den Heimweg an.

Nach geraumer Zeit machte Elvira eines Tages am Spätnachmittag einen Einkaufsbummel über den Muski-Basar in Khan el Khalili. Plötzlich sah sie ein ganzes Stück vor sich ihren Eberhart zielstrebig durch die Gasse laufen. Sie hatte große Mühe, ihn bei dem Betrieb nicht aus den Augen zu verlieren. Jedoch in einem Augenblick, da sie von einem Händler, welcher sie ansprach, abgelenkt wurde, war Eberhart verschwunden. So schnell sie dann auch lief und intensiv nach ihm Ausschau hielt, er war verschwunden. Es war für sie völlig unerklärlich. Sie schaute in alle Geschäfte und Nebengassen, Eberhart war wie vom Erdboden verschluckt. Natürlich stellte sie ihn am Abend zur Rede:

»Sag mal, Eberhart, ich war heute im Basar in der Ledergasse, ich wollte für meinen Betrieb etwas nachschauen, da hab ich Dich gesehen. Als ich zu Dir wollte, warst Du plötzlich wie vom Erdboden verschluckt. Ich wollte mit Dir gerne noch ein Stück bummeln, aber konnte Dich leider nicht mehr finden. Wo warst Du denn hin?«

Eberhart wurde erst blass und dann rot, was Elvira natürlich sofort auffiel.

»Ach weißt Du,« entgegnete Eberhart, »Du solltest das eigentlich gar nicht wissen, dass ich im Basar war, deshalb bin ich am Tag gegangen. Du hast ja bald Geburtstag, und da hatte ich etwas mit dem Geburtstagsmann zu besprechen.«

»Ja, aber wo warst Du denn? Du warst doch plötzlich wie vom Erdboden verschluckt. Ich habe in mehreren Geschäften nachgeschaut, konnte Dich aber nirgends entdecken.«

»Das kann ich mir denken. Ich hab da ein Geschäft, wo ich schon des öfteren eingekauft habe, wenn ich dort auftauche, bittet mich der Ladeninhaber immer erst mal auf einen Masbut in sein kleines Büro. Das darf ich natürlich nicht abschlagen. Deshalb konntest Du mich nicht sehen.« (Ein Masbut ist ein arabischer Kaffee mit Zucker, welcher aus kleinen Mokkatassen getrunken wird.)

»Das leuchtet mir ein.«

Eberhart war heilfroh, dass diese Sache so glimpflich abgelaufen ist und nahm sich vor, in Zukunft noch viel vorsichtiger zu sein. Er wollte auf alle Fälle verhindern, dass seine Frau etwas von seinem Doppelleben erfuhr.

Elvira's Gefühle waren sehr zwiespältig. Obwohl sie ihren Mann liebgewonnen hatte, war ihr klar, dass sie einen Auftrag zu erfüllen hatte. Sie wusste zwar nicht, was sie eigentlich suchte, aber ihr Gefühl sagte ihr, dass da irgend etwas nicht stimmte.

Am nächsten Tag hatte sie eine Unterredung mit ihrem V-Mann und offenbarte ihm ihre Gedanken. Zunächst erhielt sie den Auftrag, die bewusste Gasse im Basar Khan el Khalili längere Zeit zu observieren, um festzustellen, wie oft ihr Mann in dieses Geschäft geht. Über einen Mittelsmann wird sie in ein Lederwarengeschäft eingeschleust, von wo aus sie die ganze

Gasse übersehen kann. Das ist nicht weiter verfänglich, da sie ja als Lederwaren-Designerin tätig ist. Sie registriert innerhalb von drei Tagen zwei Besuche Eberhart's in dem ihr bereits bekannten Geschäft.

Bei dem zweiten Besuch hat Eberhart ein Gespräch mit Manfred Tuchol, in welchem ihm Tuchol den Verdacht der Stasi-Zentrale über die geheimdienstliche Tätigkeit seiner Frau mitteilt. Es wird ihm befohlen, sich seiner Frau gegenüber nichts anmerken zu lassen und äußerst vorsichtig zu Werke zu gehen.

Bei seinem nächsten Besuch des Geheimzimmers begeht Eberhart einen verhängnisvollen Fehler. Statt, wie auch sonst immer, einfach in das Geschäft zu spazieren, um offiziell seinen Masbut zu trinken, benutzt er die geheime Haustüre, nachdem er sich vorsichtig nach allen Seiten umgeschaut hat. Genau das hat Elvira beobachtet. Sie verlässt also ihren Posten und schlendert langsam in Richtung dieser Haustüre, hinter welcher Eberhart verschwunden ist. Im Vorbeigehen sah sie, dass diese Türe nur angelehnt war. Nach einigen Metern blieb sie stehen und besah sich die Auslagen. Da Eberhart nach zehn Minuten immer noch nicht wieder erschien, machte sie kurzerhand kehrt und ging zielstrebig auf diese Tür zu. Sie betrat einen dunklen Lagerraum und brauchte einige Zeit, um sich an diese Dunkelheit zu gewöhnen. Nachdem sie die Gegenstände in dem Raum einigermaßen erkennen konnte, wusste sie, dass sie sich in einem Lager für Baumaterial und Material für die Souvenierherstellung befand. Langsam tastete sie sich weiter und wunderte sich, wo wohl Eberhart sein könnte. Durch einen Spalt im Mauerwerk fiel ein spärlicher Lichtstrahl auf einen Stapel Zementsäcke. In diesem Lichtstrahl tanzte der Staub und tausend Mücken. Das Stimmengewirr der Straße klang nur noch gedämpft, wie aus weiter Ferne an ihr Ohr. Ganz in der Nähe piepsten die Ratten. Den Männern im Geheimzimmer war natürlich nicht entgangen, dass jemand das Lager betreten hat. Die entsprechende Signallampe blinkte unaufhörlich. Der Hausherr beorderte einen seiner Wachmänner vor die Haustüre und betrat dann durch eine Nebentüre den Lagerraum. Als er das Licht einschaltete, erschrak Elvira entsetzlich und blieb wie angewurzelt stehen.

»What are you doing here,« (Was machen Sie denn hier), herrschte er sie an.

»Entschuldigen Sie bitte, ich sah hier einen Mann reingehen und dachte, da ist eine Toilette. Deshalb bin ich ihm nachgegangen, da ich dringend eine suche.«

»Hier ist niemand und auch keine Toilette. Also bitte verlassen Sie diesen Raum.«

»Bitte verzeihen Sie, dann hab ich mich wohl getäuscht.« Mit diesen Worten verließ Elvira schleunigst diesen Lagerraum. Aber ihr geschultes Auge hatte genug von den Sicherheitseinrichtungen gesehen, um zu wissen, dass es sich hier um einen konspirativen Treffpunkt handelte.

Zu allem Überfluss entdeckte Elvira, dass Eberhart eine arabische Geliebte hat. Anlässlich eines sogenannten »Arbeitsessens« gingen die Männer anschließend in ein schwimmendes Bordell auf dem Nil und Eberhart traf sich im Nachhinein mehrmals mit einem dieser Mädchen. Damit war das Maß endgültig voll.

Elvira informierte ihren V-Mann des Bundesnachrichtendienstes und bat um weitere Anweisungen. Sie erhielt den Auftrag, gute Miene zum bösen Spiel zu machen und Eberhart in dem Glauben ihrer Unkenntnis zu lassen. Eberhart soll dazu gebracht werden, seine Verbindungsleute und das Agentennetz in Ägypten preiszugeben. Dies muss natürlich sehr vorsichtig angegangen werden, damit er keine Gelegenheit bekommt, den Spieß umzudrehen.

Die Geschäftsleitung des Lederwarengeschäftes organisierte auf Wunsch des BND einen Grillabend in einem sehr abgelegenen arabischen Restaurant in der Wüste, zu welchem auch Elvira mit ihrem Mann eingeladen wurde. Mehrere Freunde mit Frauen fuhren am Abend gemeinsam dahin. Es war bereits 22.00 Uhr und stockdunkel. Die Scheinwerfer zerschnitten die Dunkelheit der Wüste wie mit einem Messer. Im Fahrzeug herrschte betretenes Schweigen. Die Stimmung zwischen Eberhart und Elvira war mit Hochspannung geladen, seit er weiß, dass sie hinter seine Liebesaffäre gekommen ist. Die Liebe zwischen den beiden ist inzwischen mehr als unterkühlt.

Ich Idiot, dachte Eberhart, musste ich mich auch erwischen lassen. Hauptsache, sie kommt nicht hinter mein Doppelleben als Stasi-Agent. Er hat heute lange gearbeitet, und einige fertige Mikrofilme noch verpackt. Die Tablettenkapseln hat er noch einstecken. Die Zeit war viel zu kurz, um sie noch wegbringen zu können. Nach etwa 30 Minuten Autofahrt tauchte aus der Dunkelheit eine in gleisendes Licht getauchte Oase auf. Ein orientalischer Bau, wie aus Tausendundeiner Nacht. Der Gebäudekomplex war mit einer hohen Mauer eingefasst und alles war taghell erleuchtet. In einem Nebengebäude summte ein Generator mit Dieselantrieb, welcher für den nötigen Strom sorgte. Im Innenhof stand eine lange Tafel, an welcher bereits mehrere Damen und Herren Platz genommen hatten. Bei der Ankunft von Herrn und Frau Vertan erhob sich der Geschäftsführer des Lederwarengeschäftes, begrüßte sie und machte sie mit den anderen Herrschaften bekannt. Auch der Wirt dieser Gaststätte, ein Araber in vornehmer Galabea, ein Hüne von Gestalt, beeilte sich, die Neuankömmlinge überschwänglich zu begrüßen. Einige Meter neben der Tafel rauchte ein großer Holzkohlengrill und verbreitete einen verführerischen Geruch. Am Grill waren zwei arabische Bedienstete in Galabea mit der Zubereitung von Fisch und Fleisch beschäftigt. Es sah nicht nur urig aus, sondern es ging auch urig zu. Der Hausherr legte die Speisen mit den Händen vor, was im Orient durchaus nicht ungewöhnlich ist. Nur für einen Europäer ist diese Sitte sehr gewöhnungsbedürftig. Elvira jedenfalls hatte Mühe, den Fischkopf, welchen ihr der Wirt mit fettigen Händen auf den Teller legte, mit Appetit zu verzehren. Zwischen dem Nachfüllen der Teller kam immer wieder der Wirt mit einer großen 5-Liter Flasche Whisky, welche ihm fast aus seinen fettigen Händen glitt und schenkte den Gästen ein. Dadurch wurde natürlich sehr viel getrunken und die Stimmung wurde zusehends lockerer. Gegen Mitternacht wurden alle Gäste zu einem Bad in dem hauseigenen Pool eingeladen. Dieser Pool befand sich im hinteren Teil des Objektes, etwas im Lichtschatten. Die Lichtverhältnisse waren dort sehr spärlich. Deshalb wurden alle aufgefordert, einfach ihre Kleidung abzulegen und in das kühle Nass zu springen. Die Stimmung war genauso angeheizt wie die Körper und deshalb zierte man sich nicht lange. Nachdem der Anfang gemacht war, dauerte es nicht lange und alle waren im Wasser. Mond und Sterne tauchten diese ausgelassene Szene in ein gespenstisches Licht. Allerdings hatten die meisten Schwimmer keinen Blick für diese Romantik, sondern mehr für die bronzefarbenen, gut gebauten Frauenkörper. Alkohol und die unaufdringliche Romantik brachten das Blut mehrerer Damen und Herren zur Wallung, was bei den Herren eine nicht zu übersehende Wirkung hatte. Dies wiederum brachte auch bei den Damen die Hemmschwelle zum Absturz. So kam es, wie es kommen musste, einige Pärchen besuchten eigens dafür vorgesehene Zimmer und andere verzogen sich einfach in eine dunkle Ecke. Immer nach dem Motto: Wo ein Wille ist, da ist auch ein Gebüsch. Nicht alle Pärchen waren nun so zusammen, wie sie gekommen waren. Auch Eberhart war natürlich mit von der Partie, aber auch nicht mit Elvira. Derart abgelenkt, bemerkte er nicht, dass sich Elvira mit zwei ihm unbekannten Herren an seinem, neben dem Pool abgelegten Anzug zu schaffen machte. Sie wussten zwar nicht genau, was sie suchten, aber fanden natürlich die Büchse mit den Medizinkapseln. Elvira erinnerte sich sofort an die frühere

Begebenheit, als sie die Rechnung für solche Kapseln bei ihrem Mann im Anzug fand und seine verlegene Reaktion. Sie öffneten einige dieser Kapseln und wurden auch schnell fündig. Aus einer dieser Kapseln entnahmen sie den Film und verschlossen sie wieder sorgfältig. Sie legten alles wieder an seinen Platz und beschlossen, zunächst Stillschweigen zu bewahren. Der Abend hatte seinen Zweck erfüllt und der Aufwand hatte sich gelohnt. Gegen vier Uhr morgens traten alle gut gelaunt die Rückreise an. Allein im Auto, stellte sich zwischen Eberhart und Elvira betretenes Schweigen ein. Sie hatten sich nichts mehr zu sagen.

Die folgenden Tage waren für das Ehepaar Vertan schlimm. Die Liebe war auf Null abgesackt und die Gespräche beschränkten sich auf absolute Notwendigkeiten. Selbst die immer scheinende Sonne Ägyptens konnte die Gemüter nicht aufhellen.

Zwei Tage nach dem »Grillabend« in der Wüste hatte Elvira ein längeres Gespräch mit einem V-Mann des Bundesnachrichtendienstes der BRD.

»Frau Vertan, wir gratulieren Ihnen zu Ihrer geleisteten Arbeit. Durch Ihren Einsatz sind wir ein großes Stück vorangekommen. Zumindest wissen wir nun, wieso so viele Details der Raketenstabilisierung plötzlich im Osten auftauchen und dass Ihr Mann dahintersteckt. Was wir noch nicht wissen, ist: wer sind die Hintermänner, wo müssen wir sie suchen und wie funktioniert dieses Netz hier in Ägypten.«

»Stimmt, Herr Hauptmann, leider hat sich unser Verdacht bestätigt.«

»Um die noch offenen Fragen restlos klären zu können, müssen Sie Ihre zerrüttete Ehe noch aufrechterhalten. Wir müssen Ihren Mann zunächst gemeinsam dazu bringen, dass er mit uns zusammenarbeitet. Das Agentennetz hier in Ägypten ist zur Zeit auch Ihrem Mann nicht ganz bekannt. Deshalb können wir ihn nicht einfach aus dem Verkehr ziehen, denn das, was er uns momentan sagen kann, reicht uns nicht.«

»Ja, Herr Hauptmann, ich weiß. Aber mir ist noch nicht klar, wie wir das erreichen wollen. Freiwillig wird er bestimmt nicht mit uns zusammenarbeiten.«

»Lassen Sie das mal unsere Sorge sein. Wichtig ist, dass Sie uns weiterhin zur Seite stehen und uns bei der Lösung helfen.«

»Das ist für mich selbstverständlich, da können Sie sich absolut darauf verlassen. Ganz am Anfang war ich in innere Zweifel geraten, da ich mich in meinen Mann verliebt hatte und dachte, dass ich meinen Auftrag nicht erfüllen kann.«

»Das ist menschlich und normal, Frau Vertan. Mit einer solchen Wendung in unserem Anfangsauftrag mussten wir rechnen. Wir hatten auch schon eine Durchführungsvariante für den Fall, dass Ihre Liebe zu Ihrem Mann übermächtig bestehen bleibt.«

»Das ist ja nun nicht mehr erforderlich. Nach dem, was mir mein Mann angetan hat, schlägt meine Liebe zu ihm mehr und mehr in das Gegenteil um und ich habe keine Probleme mehr mit der Erfüllung meines Auftrages.«

»Um ehrlich zu sein, Frau Vertan, wenn es auch für Sie menschlich sehr schmerzhaft ist, eine solche Erfahrung machen zu müssen, aber für uns ist es genau richtig so. Solange Sie Skrupel aus Liebe besitzen, kommen wir nicht weiter. Um Ihnen Ihren Schmerz etwas zu erleichtern, haben wir eine kleine Prämie auf ihr heimatliches Konto überwiesen.«

»Danke, Herr Hauptmann.«

»Also, Frau Vertan, wir haben folgenden Plan. Wir müssen Ihren Mann so überführen, dass er keine Möglichkeit mehr hat, seine Tätigkeit abzuleugnen. Das heißt, wir müssen ihn inflagranti erwischen. Das muss aber unter allen Umständen so erfolgen, dass seine Auftraggeber und Mittelsmänner absolut nichts davon erfahren. Ganz gleich, wie lange diese ganze Aktion dauert. Wir sind jetzt sehr nahe dran, und möchten nun den gesamten Ring, also auch die Leute in Deutschland kennenlernen. Zunächst werden wir einen arabischen Gewährsmann als Hilfsarbeiter in das Werk in Heliopolis, wo Ihr Mann arbeitet, einschleusen.«

»Gut, Herr Hauptmann und was soll ich nun tun?«

»Sie verhalten sich zunächst ganz ruhig und lassen sich Ihrem Mann gegenüber nichts anmerken. Beobachten Sie ihn weiter und informieren Sie uns über jede Auffälligkeit, welche Sie an ihm bemerken. Wir bleiben ständig in Kontakt. Wichtig ist im Augenblick, dass sich die ganze Situation beruhigt und sich Ihr Mann in Sicherheit wiegt. Nur wer sich absolut sicher ist, begeht Fehler.«

Damit war das Gespräch beendet.

Die Folgezeit verlief relativ ruhig, wenn man von den kleinen Querelen des ägyptischen Alltags absieht. Das Ehepaar machte Ausflüge zur Delta-Barrage, zur Oase Fayum und zur Stufenpyramide von Sakkara. Das Eheleben hatte sich fast normalisiert, aber eben nur fast.

Kapitel VI
Das Verhängnis kündigt sich an

Eines Tages berichtete Eberhart, dass er in seinem Betrieb einen neuen Hilfskonstrukteur bekommen hat und eigentlich sehr zufrieden mit ihm ist. Elvira tat sehr erstaunt, obwohl sie natürlich bestens informiert war. Der neue Mitarbeiter von Eberhart war ein gut ausgebildeter Geheimagent und bemühte sich nach besten Kräften, Eberharts Vertrauen zu gewinnen. Nach geraumer Zeit ließ Eberhart in seiner allgemeinen Vorsicht doch etwas nach. Der Mitarbeiter beobachtete, wie Eberhart mit Medikamentenkapseln hantierte. Er informierte seinen V-Mann darüber, dass vermutlich an dem Abend eine Materialübergabe erfolgen soll. Daraufhin wurden drei Männer mit Auto in der Nähe der Werksausfahrt in Heliopolis postiert. Als Eberhart mit seinem Dienstwagen das Werk verließ, grüßte der Pförtner freundlich und schloss dann die Schranke wieder. Die drei Männer folgten Eberharts Wagen und hatten in dem Verkehr Mühe, ihn nicht aus den Augen zu verlieren. Eberhart fuhr gemächlich von Heliopolis die große Zufahrtstraße zum Kairo Airport, die Sharia Salah Salam stadtwärts. In der Höhe von El Gamaliya bog Eberhart in die Sharia El Azhar in Richtung El Muski ein. In El Muski liegt Khan el Khalili. Damit wussten seine Verfolger, dass Eberhart seinen bekannten Übergabeort ansteuerte. Eberhart stellte sein Fahrzeug in El Muski ab, um zu Fuß in den Basar Khan el Khalili zu laufen. Als er ausstieg, fuhren die Verfolger direkt neben ihn, öffneten die Türe, zogen ihn blitzschnell in das Auto und fuhren weiter. Das alles ging so schnell, dass dieser Vorgang von Außenstehenden gar nicht wahrgenommen wurde. Die drei Männer waren Araber und kannten sich gut aus. Eberhart war so überrascht, dass er keine Chance hatte, irgendwie zu reagieren. Als er im Auto saß und lautstark protestieren wollte, hielt ihm sein Nachbar eine Pistole seitlich in die Hüfte. »Eskott« herrschte er ihn an, was soviel heißt wie »halts Maul« und gab mit seiner Pistole unmissverständlich Nachdruck. Damit war Eberhart nun klar, was die Stunde geschlagen hatte. Sofort begann sein Gehirn, fieberhaft zu arbeiten.

Was sind das für Leute? Ich hab sie noch nie gesehen. Was wollen die von mir? Wir fahren jetzt in südlicher Richtung, da vorn kommt Altkairo. An eine Flucht ist überhaupt nicht zu denken. Die Filme sind alle verstaut, die werden sie kaum finden.

Eberhart schloss die Augen und beobachtete durch ganz schmale Schlitze die Männer und die Gegend, durch welche sie fuhren. Er stellte fest, dass sie die Corniche erreicht hatten und am Nil weiter in Richtung El Maadi fuhren.

Die Männer sprachen kein Wort, ließen ihn aber keinen Augenblick aus den Augen.

Ich muss es versuchen. In der nächsten Kurve reiß ich die Tür auf und spring in den Nil.

Eberhart schielte nach der Türklinke und kalkulierte die Fahrzeuggeschwindigkeit. Das muss wohl seinem Nachbarn aufgefallen sein.

»No, no, the door is closed.« (Die Türe ist verschlossen). Brutal drehte er ihm die Hände auf den Rücken und schon klickten ein paar Handschellen.

So eine verdammte Scheiße, dachte Eberhart und der Schweiß lief ihm über das Gesicht, welches er sich nun nicht mal mehr abtrocknen konnte. Irgendwie muss ich mich verraten haben. Nun ist es ganz aus.

Inzwischen hatten sie El Maadi erreicht und verließen die Corniche in östlicher Richtung. Nach kurzer Zeit erreichten sie einen ehemaligen Herrensitz am Rande der Wüste. Der Fahrer lenkte das Fahrzeug in einen kleinen Hof, welcher mit einer hohen Mauer aus Lehmziegeln umgeben war. Neben der Einfahrt stand ein altertümliches Schilderhaus mit einem Polizisten. Es war schon ein merkwürdiger Anblick, hier zwischen den Lehmhütten, kurz vor der Wüste, so ein festungsähnliches Anwesen anzutreffen.

Eberhart wurde am Arm in einen Kellerraum geführt. Eine Glühlampe an der Decke spendete ein erbärmliches Licht. Auf einem Wandboard summte ein kleiner Ventilator, trotzdem war die Luft stickig heiß. Ein Fenster gab es nicht. Er wurde in diesen Raum gestoßen, dann machte das Schloss der Tür ein klickendes und kratzendes Geräusch. Eberhart sah sich um. Die ganze Raumausstattung bestand aus einem Tisch und einem Stuhl. An der Längswand befand sich ein Sockel aus gestampftem Lehm, welcher als Liege oder Bett diente. In der Höhe des Fußbodens waren in den Wänden im Halbdunkel einige Löcher zu erkennen, durch welche hin und wieder eine Ratte huschte.

Mein Gott, steh mir bei! Wo bin ich hingeraten. Was hat man mit mir vor?

Eberhart bewegte sich kaum, sah sich aber ganz genau diesen Raum an. An Flucht ist überhaupt nicht zu denken.

Nachdem er das registriert hatte, wurde er immer ruhiger. Er zerbrach sich den Kopf, und seine Gedanken wurden immer klarer. Er war nun überzeugt, dass es auf alle Fälle mit seiner geheimdienstlichen Tätigkeit zusammen hing. Er musste nicht sehr lange warten, als sich der Schlüssel im Schloss wieder drehte. Mit einem leichten Knarren öffnete sich die Tür und herein traten zwei Männer mit europäischem Aussehen. Wortlos nahmen sie ihm die Handschellen ab.

»Ich protestiere gegen diese Entführung und werde Sie anzeigen. Wer sind Sie überhaupt und was soll das Ganze bedeuten?«

»Nichts werden Sie tun, außer Ihre Klappe zu halten. Verstanden?«

»Dann sagen Sie mir doch endlich, was Sie eigentlich von mir wollen. Falls es Geld ist, was Sie wollen, könnte man ja darüber reden, aber bei mir habe ich nichts.«

Der zweite Mann, der bisher noch nichts gesagt hatte, ein Hüne von Gestalt, fasste ihn spontan an der Krawatte, hob ihn ein wenig vom Boden hoch und schleuderte ihn in eine Ecke.

»Halt endlich Dein vorlautes Maul, Du Idiot. Anderenfalls hau ich Dir eins drauf, dann bleibt es von alleine zu, weil Du es nicht mehr aufkriegst.«

Eberhart rappelte sich vom Boden auf und bürstete sich mit der Hand notdürftig den Schmutz vom Anzug. Verdammt, solche Situationen sind mir nur zu gut bekannt. Ich muss die Strategie ändern.

»Bitte, meine Herren, ich muss dringend auf die Toilette. Ich habe eine schlimme Darminfektion.«

Während dieser Worte öffnete sich die Tür und ein dritter Mann in einem eleganten Straßenanzug trat ein.

»Sie werden gleich zur Toilette gebracht. Zuerst legen sie mal Ihren gesamten Tascheninhalt hier auf diesen Tisch.«

Eberhart tat wie ihm befohlen.

»Hier sehen Sie. Das ist die Medizin, welche ich nehmen muss. Bitte geben Sie mir ein Glas Wasser dafür.«

»Papperlapapp, jetzt wird gar nichts genommen! Jetzt schauen wir uns erst mal gemeinsam alles an, was wir da haben.«

Der Neuankömmling kontrollierte sorgfältig die Brieftasche und die Geldtasche. Er tat so, als würde er etwas ganz bestimmtes suchen.

Eberhart schöpfte schon etwas Hoffnung und dachte: Hoffentlich geht der nicht an die Medizin.

Seine Hoffnung zerplatzte wie eine Seifenblase, denn just in diesem Augenblick griff der Mann nach der Dose.

»Das ist nur meine Medizin gegen meine Darminfektion.«

»Sie wiederholen sich, Herr Vertan. Wir wissen schon, was das für Medizin ist.« Nahm eine Kapsel und brach sie durch. Heraus kam ein Mikrofilm.

»Was ist das denn, Herr Vertan. Bitte erklären Sie uns das doch mal.«

»Das kann ich Ihnen auch nicht sagen. Ich habe diese Medizin erst vor ein paar Tagen in der Pharmacy in Zamalek gekauft. In meiner Brieftasche liegt noch die Rechnung, Sie hatten sie eben in der Hand.«

»Dass Sie diese Büchse erst vor ein paar Tagen gekauft haben, zweifle ich nicht an. Aber sagen Sie mir endlich, wie diese Mikrofilme da hinein kommen und was sich auf diesen Filmen befindet.« Seine Stimme hatte sich bei dem letzten Satz erheblich verstärkt und einen gefährlichen Ton angenommen.

»Ich kann es Ihnen wirklich nicht sagen.« Eberhart hoffte im geheimen, dass die Männer diese Filme nicht lesen können und er, bis es soweit ist, verschwinden kann.

»Dann will ich es Ihnen sagen: Sie betreiben technische Spionage für die DDR-Stasi und auf diesen Filmen befinden sich Dokumente der technischen Ausrüstung von Raketensteuerungen. Sie sind ein ganz erbärmlicher Schuft. Ein Kommunistenschwein erster Ordnung. Dieses Filmmaterial geben Sie an Mittelsmänner weiter, welche es dann auf irgendwelchen Wegen nach Deutschland verbringen. Jetzt sagen Sie uns: Wer sind diese Leute und wie funktioniert der Transport nach Berlin?«

Eberhart war vollkommen in sich zusammengebrochen. Diese Worte haben ihn so schwer getroffen, dass er kein Wort heraus brachte. Krampfhaft überlegte er, wie er sich noch herauswinden könnte.

»Ich kann mir das alles wirklich nicht erklären. Vielleicht hat mir jemand das Material durch eine Vertauschung der Medikamentenbüchse zugesteckt. Ja, jetzt entsinne ich mich. Wir haben einen neuen Hilfskonstrukteur, welcher mir zugeteilt wurde und immer sehr um mich herumschwänzelt. Wer weiß, was der im Schilde führt.«

»Erzählen Sie nicht solchen Blödsinn,« schnitt man ihm den Redefluss ab. »Fangen Sie nicht an, unschuldige Mitarbeiter mit Verdachtsmomenten zu belegen. Das ist das Dümmste, was Sie sich einfallen lassen können.«

Eberhart hatte nach dem moralischen Tiefschlag seine Fassung wiedergewonnen und sein Gehirn arbeitete fieberhaft. Ihm war sein neuer Mitarbeiter schon lange nicht ganz geheuer und er hatte gehofft, dass der Mann nach Eberharts Anschuldigung zu erkennen gibt, dass er ihm diesen Verrat zu verdanken hat.

»Und damit Sie endlich begreifen, wie sinnlos es ist, eine Ausrede zu finden, will ich Ihnen noch was sagen. Wir sind vom Bundesnachrichtendienst. Es sind bereits die zweiten Filme, welche wir bei Ihnen in solchen Medizinkapseln gefunden haben. Die ersten entdeckten wir in Ihrem Jackett an dem bewußten Grillabend in der Wüste, wo Sie sich, zur Freude Ihrer Frau, wie ein Schwein mit anderen Mädchen vergnügt haben. Sie sehen also, wir wissen über Sie besser Bescheid, als Sie denken. Also los, reden Sie schon. Wie funktioniert Euer Ring, wer sind die Mittelsmänner. Oder sollen wir Ihnen erst weh tun? Hier können Sie ruhig laut schreien. Es kann Sie niemand hören!«

Verdammt! Die wissen wirklich mehr als ich angenommen habe, schoss es Eberhart durch den Kopf. Das ist wirklich eine ganz beschissene Situation. Die haben mich völlig in der Hand und kein Hahn kräht danach, wenn die mich hier verschwinden lassen. Wahrscheinlich nicht mal meine Frau, so wie es aussieht.

»Also gut, ich gebe zu, dass ich den Auftrag habe, ein paar Details dieser Konstruktionen zu fotografieren und einem Vermittler zu übergeben. Ich erhalte dafür Geld und deshalb mache ich das. Alles andere interessiert mich nicht und mehr weiß ich auch nicht.«

In diesem Moment schloss sich von hinten eine Hand wie ein Schraubstock um seinen linken Arm und er erhielt einen Schlag in die rechte Niere, dass er vor Schmerzen laut aufschrie.

»Überlege Dir genau, was Du sagst, Du Schwein!« herrschte ihn der Schläger an. Es war der vierschrötige Typ von vorhin, welcher ihn schon einmal so unsanft angefasst hatte.

Solcher Art geläutert, holte Eberhart tief Luft und sagte dann:

»Ja, jetzt fällt mir ein, der Ladenbesitzer im Basar, wo ich die Filme hinbringe, wird Mr. Machmut genannt.«

»Aber dem übergeben Sie doch nicht die Filme.«

»Doch.«

Und schon erhielt er einen schweren Leberhaken, welcher ihn kurzzeitig zu Boden schickte. Als er wieder zu sich kam und aufstand, wurde er wieder gefragt:

»Wie heißt der Mann, dem Sie die Filme übergeben?«

»Manfred Tuchol« brachte Eberhart nur mit erheblicher Luftnot hervor. Man sah ihm an, dass diese Schläge ihre Wirkung nicht verfehlt hatten.

»Wie heißt Ihr Führungsoffizier in der DDR?«

»Werner Holstein,« keuchte Eberhart. Er hatte keine Lust, sich noch mehr Schläge einzuhandeln. Nun war eh alles egal.

»Wer ist Ihr Verbindungsmann in der BRD und wo sitzt der?«

»Alwin Zwerg in Kassel, Schachtstr. 6.«

»Was gibt es für V-Leute in Kairo und im Nildelta?«

»Den Ring kenn ich wirklich nicht. Ich hatte bisher nur mit Manfred Tuchol und dem Mr. Machmut zu tun.«

»Gut, Herr Vertan, ich will Ihnen glauben, aber ich sag Ihnen was: Es gibt nur noch zwei Möglichkeiten für Sie. Entweder Sie arbeiten mit uns zusammen und helfen uns, den gesamten Ring bis zum letzten Arsch aufzurollen oder Sie wandern in den Knast und dort kommen Sie nicht gleich wieder raus. Das kann ich Ihnen versichern. Übrigens, sollten Sie sich für die erste Variante entschließen, dann können Sie sofort mit Ihrer Frau gemeinsam nach Hause fahren. Die arbeitet nämlich auch für uns und wartet oben auf sie. Morgen gehen Sie dann wie immer auf Arbeit und kein Schwein merkt etwas von Ihrem heutigen Vergnügen. Die Filme nehmen Sie auch wieder mit. Sollten Sie es jedoch vorziehen, nicht mit uns zusammenzuarbeiten, dann bereiten wir Ihnen hier in diesem Raum ein paar vergnügliche Wochen, bevor Sie als Gefangener nach Deutschland transportiert werden. Auf eines muss ich Sie aber noch hinweisen. Sollten Sie versuchen, uns zu linken, dann ist es sehr schnell zu Ende mit Ihnen. Glauben Sie nicht, Sie könnten einfach Kairo verlassen. Der Flughafen wird von uns genauso überwacht wie von der Stasi der DDR. Wir kriegen Sie, Sie haben keine Chance.«

In Eberharts Kopf ging es durcheinander wie in einer Zentrifuge. Die Gedanken und Überlegungen überschlugen sich.

Mein Gott, Elvira ist doch eine Agentin des BND. Da hatte der Tuchol also doch recht. Ich werde gleich verrückt. Ich schnapp noch über.

Plötzlich verlosch die einzige Lichtquelle an der Decke und es war sofort absolut dunkel. Nicht ein einziger Schimmer durchdrang diese Dunkelheit. Blitzschnell klammerte sich der Hüne um Eberhart und drückte ihn so sehr zusammen, dass Eberhart wegen der vorherigen Schläge vor Schmerz aufschrie. Jemand öffnete die Tür, um Hilfe zu holen. In diesem Moment witterte Eberhart eine Chance. Er holte mit dem rechten Fuß aus und schlug mit aller Wucht nach hinten gegen das Schienbein des Hünen, welcher nun seinerseits vor Schmerz aufschrie und vor Schreck seinen Klammergriff löste. Eberhart riss sich blitzschnell los und stürzte zur Tür. Er rannte wie vom Teufel besessen direkt einem Wächter, welcher vor der Tür stand, in die Arme. Dieser sprang ihn an wie ein Panther und schlug Eberhart mit einem gezielten Schlag gegen die Halsschlagader nieder. Inzwischen kam ein Helfer und wollte die Glühlampe auswechseln. Als er die Fassung anfasste, schrie er laut auf und stürzte zu Boden. Diese Fassung war aus Metall und hatte wahrscheinlich einen Isolationsfehler, weshalb sie unter voller Spannung stand. Der Helfer, ein Araber in Galabea, ging natürlich barfuß, weshalb er einen vollen Stromschlag erhielt. Er lag am Boden und zuckte mit Armen und Beinen. Die Turbulenz, welche nun entstand, kann man kaum beschreiben. Die Araber schrien alle durcheinander und liefen unkoordiniert im Gang herum. In diesem Chaos hätte Eberhart wahrscheinlich eine kleine Chance gehabt, in's Freie zu gelangen. Jedoch lag er noch immer am Boden und rang nach Luft. Jemand brachte eine Benzinlampe, wie man sie in Ägypten in jedem Dorf in großem Umfang antrifft und stellte sie auf den Tisch. Nun war es richtig hell in diesem Raum. Man half Eberhart auf die Beine und setzte ihn auf das gemauerte Bett. Die Araber brachten den verunfallten Kollegen raus, und die Tür wurde wieder geschlossen.

»Das hätten Sie sich und uns sparen können, Herr Vertan. Haben Sie wirklich gedacht, dass Sie hier raus kommen? Ich hatte Sie eigentlich klüger eingeschätzt. Nun zurück zu meiner Frage: Nehmen Sie unser Angebot an? Oder wollen Sie Ihrer DDR-Stasi treu bleiben und lieber den Märtyrertod sterben!«

»Ich nehme an.«

Eberhart hatte Mühe, seine Fassung zu bewahren. Aber ihm war in der Zwischenzeit klar geworden, dass es für ihn keine Alternative mehr gab.

»Gut, Herr Vertan. Ihr Auftrag lautet: Den gesamten Stasi-Ring in ganz Ägypten aufzudecken und uns mitzuteilen. Außerdem erwarten wir von Ihnen, dass sie uns über alle anderen Aktivitäten der Stasi informieren. Alle Informationen übergeben Sie Ihrer Ehefrau, welche dann mit uns in Verbindung tritt. Sie gehen morgen Früh wieder zur Arbeit wie jeden Tag, und tun so, als hätten Sie wegen einem akuten Unwohlsein den heutigen

Übergabetermin nicht wahrnehmen können. Das Vortäuschen eines Darmproblems fällt Ihnen ja nicht schwer. Privat führen Sie ein ganz normales Eheleben weiter. Haben Sie alles verstanden?«

»Ja.«

»Gut, dann bringen wir Sie jetzt zu Ihrer Frau.«

Wortlos stieg Eberhart zu Elvira ins Auto. Auch auf der Heimfahrt sprachen beide kein Wort. Eberhart war total erschöpft und völlig demoralisiert. Elvira war sehr unglücklich. Zuhause angekommen, ließ sich jeder in einen Sessel fallen und schloss die Augen. Eberhart war der Erste, der die Sprache wiederfand.

»Sag mal Elvira, hast Du mich je geliebt?«

»Ja Eberhart, ich habe Dich geliebt. Ich war schon so weit, meinen Auftrag beim BND zurückzugeben, weil ich mich außerstande sah, als Deine Ehefrau die Hintergründe des Spionageringes in Ägypten aufzuhellen. Aber Du hast mir zu weh getan. Was unsere geheimdienstliche Tätigkeit angeht, haben wir beide uns nichts vorzuwerfen. Du warst nicht ehrlich zu mir und ich nicht zu Dir. Aber das ist nun mal so in diesem Geschäft. Das wissen wir beide ganz genau und können uns das nicht verübeln. Aber Deine Weibergeschichten haben mich zutiefst verletzt. Nicht nur, dass Du immer wieder fremdgegangen bist, nein, Du hast ja auch eine ständige arabische Geliebte. Und das verzeihe ich Dir nie. Du hast mich derart hintergangen, dass in mir alles zerbrochen ist. Mein Liebe zu Dir ist tot. Einfach tot und nicht mehr da. Normalerweise würde ich mich sofort scheiden lassen und wieder zurück nach Deutschland gehen. Aber das geht nun leider nicht mehr. Jetzt haben wir einen gemeinsamen geheimdienstlichen Auftrag auszuführen und den werden wir auch ausführen. Da kann kommen was will. Das ist aber auch die einzige Gemeinsamkeit, welche wir beide noch haben. Mir ist es auch völlig gleichgültig, was Dir dabei passiert oder daraus erwächst. Das hättest Du Dir vorher überlegen müssen.

Nun musst Du selbst sehen, wie Du mit Deiner Doppelagententätigkeit klarkommst.«

»Gut. Das waren klare und eindeutige Worte. Sicher hat es auch keinen Sinn, wenn ich Dir sage, dass es mir leid tut. Ich habe viele Fehler gemacht, aber ich wollte Dich nicht verlieren.«

»Du hast mich aber verloren. Spar Dir Deine Worte der Entschuldigung. Die kommen nicht an. Ich werde Dir nie verzeihen. Es wird sehr schwer für mich sein, weiterhin mit Dir unter einem Dach leben zu müssen. Aber da ich es im Moment nicht ändern kann, muss ich es ertragen.«

»Also gut, oder auch nicht gut. Wir müssen uns also mit den Gegebenheiten abfinden. Ich habe nun Aufgaben bekommen, welche ich erfüllen muss und Du bist nun mein V-Mann zum BND. Es bleibt mir nichts anderes übrig, als mich damit abzufinden. Sag mir was ich tun soll.«

»Du wirst genauso wie bisher Deiner Arbeit nachgehen und auch Deine geheimdienstlichen Aufgaben für die Stasi der DDR erfüllen. Du musst versuchen, die Namen und Adressen aller Stasi-Helfer und IM's in Ägypten zu bekommen. (IM = inoffizielle Mitarbeiter) Weiterhin alle in Ägypten lebende oder besuchende DDR-Bürger, welche für die Stasi tätig sind. Sobald Dir eine Adresse bekannt ist, übergibst Du sie mir. Solange dies funktioniert, ist alles in Ordnung. Mit meinen übergeordneten Leuten bekommst Du es nur zu tun, wenn es nicht funktionieren sollte. Wie schnell das geht, weißt Du ja!«

»Ok ok, ich hab schon verstanden. Ich werde mich bemühen.«

Nach dieser Aussprache war nichts mehr wie vorher. Aber nach außen hin verlief der Alltag scheinbar normal.

Einige Tage nach diesem Ereignis sprach Eberhart mit Manfred Tuchol.

»Manfred, ich habe den Eindruck, dass ich irgendwie observiert werde. Meine Besuche in unserem Treff sind zu oft und fallen auf. Ich schlage vor, dass ich meine Arbeiten in Zukunft mehr an unsere Helfer im Delta übergebe. Und zwar, nach einem bestimmten Plan abwechselnd, immer wieder einem anderen. Du müsstest die Arbeiten allerdings dann dort abholen oder Ihr vereinbart über unseren Code einen Treff. Ich nehme an, dass auch mein Telefon abgehört wird. Ich werde Dich also in Zukunft immer von einem anderen Anschluss aus anrufen.«

»Ja, Du könntest Recht haben, Eberhart. Mir sind auch schon die auffällig unauffälligen Typen in der Ledergasse aufgefallen. Wir werden es so machen, wie Du vorschlägst. Das ist auf alle Fälle erst mal eine Möglichkeit, Deine Besuche hier in diesem Laden zu verringern. Ich lass mir was einfallen und werde Dich informieren.«

Kurze Zeit später erhielt Eberhart eine Liste mit etwa der Hälfte der IM-Adressen im Nildelta. Die verschiedenen Orte erstreckten sich von Heluan im Süden Kairo's, bis Damietta im nord-östlichsten Zipfel Ägypten's. Eberhart kam nun zugute, dass er sich im Nildelta aufgrund seiner vielen Ausflüge sehr gut auskannte. Eine Kopie dieser Liste ging über Elvira an den BND. Eberhart brachte noch den Vermerk an: »Achtung, nicht vollständig!« Damit wollte er verhindern, dass nicht vielleicht vorzeitig Leute aus dieser Liste aus dem Verkehr gezogen werden. Denn dann wäre klar gewesen, dass nur er hinter diesem Verrat stecken konnte. Er musste jetzt nach zwei Seiten höllisch wachsam sein.

In der Folgezeit unternahm Eberhart mehrere Reisen in diese Gebiete, um seine Medikamentenkapseln einem der IM's zu übergeben. Diese waren von Manfred Tuchol bereits informiert worden. Eberhart trat als Vertreter der Pharmacy auf und tat so, als wolle er Medikamente verkaufen. Er musste den Schlüsselsatz: »Die Kapseln duften wie Blumen.« sprechen. Wenn sein

Gegenüber spontan antwortete: »Ja, ich liebe Blumen,« dann konnte die Übergabe stattfinden. Das Kennwort Blumen schien von einigen Leuten mit besonderer Vorliebe ausgewählt zu werden. Sicher hängt es auch mit der überaus blumenreichen Sprache der Araber zusammen. Zum Beispiel die morgendliche Begrüßung, welche bei uns schlicht und einfach »Guten Morgen« heißt, lautet bei einem Araber: »sawachier« (der Tag soll Dir hell sein), darauf die Antwort: »sawache nur« (der Tag soll Dir sein wie das Licht), wieder die Gegenantwort des Ersten: »sawache full« (der Tag soll Dir sein wie eine Blume), wieder die Antwort des Zweiten: »sawache ichta« (der Tag soll Dir sein wie Sahne). In dieser Art und Weise geht es eine ganze Zeit hin und her, bis sich dann einer von beiden nach der Gesundheit des anderen erkundigt.

In der Botschaft der DDR rasselt der Fernschreiber. Die Dame, welche denselben bediente, nimmt das Fernschreiben ab und übergibt es dem Botschaftssekretär. Mit dem Inhalt kann sie absolut nichts anfangen:

An KS Flus stop erbitten HKP von Fluglotse stop wir dachten an zwei Aufträge im Gebiet.
MFS

Der Botschaftssekretär wusste natürlich sofort, dass es sich um das Ministerium für Staatssicherheit handelte und übergab es dem verantwortlichen Mitarbeiter für Staatssicherheit. In jedem größeren VEB der DDR und natürlich auch erst recht bei jeder Behörde im In- und Ausland gab es zu dieser Zeit ein Büro für Staatssicherheit. Nach der Dechiffrierung ergab sich folgender Text:

An Kontrollstab Flugstabilisierung stop erbitten harte Kontrollprüfung von Eberhart Vertan wegen des Verdachtes auf Doppelagententätigkeit in Ägypten.
Ministerium für Staatssicherheit

In der Botschaft gab es drei Stasi-Offiziere, einer davon war Manfred Tuchol. Der Leiter dieser Dienststelle war der Botschafter. Aufgrund des Fernschreibens berief der Dienststellenleiter eine außerordentliche Beratung ein.

»Genossen,« begann er die Besprechung, »wir haben ein FS vom MfS erhalten. Danach besteht der Verdacht, dass unser Agent Fluglotse in irgendeiner Form für den BND tätig sein könnte. Wir haben die Anweisung erhalten, die Person einer Kontrollprüfung zu unterziehen – und zwar die harte. Genosse Tuchol, Sie arbeiten direkt mit ihm zusammen, was ist Ihr Eindruck von ihm?«

»Also, Genosse Botschafter, Fluglotse ist ein sehr zuverlässiger Mitarbeiter. Alle in der Vergangenheit aufgetretenen Verdachtsmomente haben sich nicht bestätigt. Trotzdem wird alles mit doppelter Sicherheit durchgeführt. Wir haben ihm zum Beispiel nur die Hälfte der IM's für die Produktübergabe aufgelistet. Sollte einem dieser Leute etwas zustoßen, dann wissen wir, dass er dahintersteckt.«

»Das ist nicht genug, dann wäre es auch zu spät. Harte Prüfung heißt, zu versuchen, ihn aus der Reserve zu locken, um seine wahre Identität zu erfahren. Was schlagen Sie vor, Genossen?«

»Ich schlage vor, wir setzen die Gruppe um Abd el Moussa aus Kafr el Sheikh ein und verwenden die Variante 013. Die Leute sind zuverlässig, sowie hart und geschickt genug, diese Maßnahme durchzuführen. Die Variante 013 besagt, dass die Leute unter dem Deckmantel des BND agieren, um die Person zu verleiten, sich als Mitarbeiter des BND zu erkennen zu geben.«

»Gut, Genosse Tuchol. Bitte leiten Sie alles Notwendige in die Wege.«

Mit diesen Worten war die Beratung beendet.

Einige Tage später war die Gruppe »Abd el Moussa« einsatzbereit. Über den kontrollierten Übergabeplan war Manfred

Tuchol immer informiert, wo und wann die nächste Übergabe stattfinden soll.

Eines Tages, es war schon gegen Abend, die Sonne hatte ihre sengende Hitze bereits verloren, war Eberhart wieder einmal auf dem Weg zu einer Übergabe. Er benutzte den Highway über Benha bis Tanta. Dort verließ er den Highway um auf der Landstraße über Mehalla el Kubra nach Bialla zu fahren. Er war missmutig und hatte Durst. Er nahm sich vor, bei dem nächsten Straßenhändler anzuhalten, um sich eine Flasche Cola zu kaufen. Seit einiger Zeit bemerkte er, dass ihm ein fremdes Fahrzeug ständig folgte. Er nahm sich vor, auf der Hut zu sein. Bei der Durchfahrt durch Mehalla el Kubra hielt er bei einem Straßenhändler an, um seinen Durst zu löschen. Er sah, wie das ihn verfolgende Fahrzeug hinter ihm auch anhielt. Da schrillten bei ihm die Alarmglocken und alle seine Sinne waren hellwach und angespannt. Aus dem Fahrzeug stiegen zwei Typen aus, muskelbepackt, dunkelhäutig, europäisch gekleidet mit Turnschuhen an den Füßen. Während sich diese Typen langsam auf ihn zu bewegten, so als gingen sie spazieren, setzte sich auch das Fahrzeug ganz langsam in Bewegung. Sie waren etwa noch vier Meter von ihm entfernt, da sah Eberhart in ihre Augen, welche gefährlich blitzten. Eberhart hatte genügend Erfahrung, um derartige Anzeichen lesen zu können. Blitzschnell sprang er in sein Auto, er hatte den Motor in weiser Voraussicht nicht ausgeschaltet. Gang rein und fort. Seine Verfolger taten natürlich das Gleiche. Nun wusste Eberhart endgültig Bescheid, dass er verfolgt wurde. Es war ihm längst klar, dass man sich in ständiger Gefahr befindet,wenn man für zwei Geheimdienste arbeitet. Er versuchte, so schnell wie möglich die Stadt zu verlassen, um mehr freie Fahrt zu haben. Deshalb schlug er zunächst die Richtung nach Qutur ein. Er wusste, dass dort von der DDR eine Reismühle gebaut wird. Dort arbeiten Monteure aus der DDR. Falls wirklich etwas passieren sollte, könnte er dort vielleicht

Schutz finden. Es begann eine mörderische Verfolgungsjagd, welche auf der schnurgeraden, asphaltierten Straße Richtung Qutur enorme Geschwindigkeiten erreichte. Natürlich ist ein solch hohes Tempo in Ägypten mit sehr vielen, hohen Gefahren verbunden. Erstens fehlen an einer asphaltierten Straße grundsätzlich befestigte Rand-streifen. Dies hat zur Folge, dass man sich sofort unweigerlich überschlägt, wenn man beim Überholen oder Ausweichen eines Eselkarrens versehentlich vom Asphalt abkommt, weil das Vorderrad in dem losen Boden sofort stark abgebremst wird. Zweitens besteht immer eine hohe Gefahr eines Unfalls mit Personenschaden. Die Araber bewegen sich als Fußgänger auf einer Fahrstraße wie im Garten, als könnte hier nie ein Auto kommen. Undiszipliniert und leichtsinnig. In diesem Moment musste Eberhart an seinen ehemaligen Arbeitskollegen denken. Der war mit seiner Frau im Delta unterwegs. In einem Dorf wurde ein Kind von ihm bei langsamer Geschwindigkeit schwer verletzt. Es ist ihm regelrecht ins Fahrzeug gelaufen. Er hat sofort angehalten und seine Frau, eine Ärztin, hat sich um das verletzte Kind gekümmert. Während dieser Zeit ist er in die nächste Stadt gefahren, um Polizei und Hilfe zu holen. Handy gab es zu dieser Zeit noch nicht. In dieser Zeit ist das Kind gestorben. Als er zurück kam, hatte man seine Frau gelyncht und aufgehangen. Er hatte nur Glück, dass unmittelbar hinter ihm die Polizei kam. Dadurch konnte er fliehen. Sonst hätte man ihn auch gelyncht. Er wurde von der Botschaft sofort nach Deutschland zurückgeschickt. Anderenfalls wäre er unweigerlich im Gefängnis gelandet. All das ging ihm in diesem Moment durch den Kopf. Vor einem solchen Unfall hatte er mehr Angst, als vor seinen Verfolgern. Eberhart versuchte, seine Verfolger durch gewagte Wendemanöver abzuschütteln, aber sie waren ebenfalls gute Kraftfahrer. Sie blieben ihm an den Fersen. Nun versuchte Eberhart die Wüste im Osten des Deltas zu erreichen, um eventuell durch sein schnelleres Auto etwas zu erreichen. Allerdings hat er diese Rechnung ohne den Wirt gemacht. Sehr weit ist er nicht mehr gekommen, da fing sein Auto an zu stottern und blieb dann stehen. Benzin alle! Damit war natürlich sein Schicksal besiegelt. Die Verfolger waren ja dicht hinter ihm und sofort zur Stelle. Da es mitten in einem Dorf war, standen sofort viele Menschen um ihn herum, um vielleicht helfen zu können. Aber seine Häscher waren schon da und taten so, als wollten sie auch helfen. Eberhart machte einen Sprung und versuchte durch die Menschenmauer zu entfliehen. Dabei stolperte er über einen Stein und stürzte der Länge nach hin. Sofort war ein Häscher zur Stelle, hob ihn auf und trug ihn in den Verfolgerwagen. Alles sah aus wie eine Hilfestellung und alle schnatterten laut durcheinander. Während das Fahrzeug wendete, schoben die Dorfbewohner das Auto Eberhart's etwas zur Seite und ließen es dort einfach stehen.

»Wer seid Ihr und was wollt Ihr von mir?« – war die erste Frage von Eberhart.

»Das wirst Du schon sehen.«

»Wollt Ihr Geld? Wir können doch darüber reden.«

»Wir brauchen Dein Geld nicht und nun sei still!«

Sie fuhren wie die Teufel Richtung Westen, bis Kafr el Sheikh. Dort hielten sie am Stadtrand, an einer Lehmhütte an, welche völlig leer war. Kein Mensch weit und breit. In der Mitte der Hütte war im Boden eine Tür eingelassen, welche einer der Männer anhob. Eine Lehmstiege führte in eine dunkle, verliesartige Kammer. Eine Petroleumlampe wurde angezündet. In dem Halbdunkel sah man ein paar Hocker und einen kleinen runden Tisch. Wände und Boden bestanden aus Lehm. Die Lampe wurde in eine Wandnische gestellt. Eberhart wurde so gesetzt, dass ihm die Lampe voll ins Gesicht schien, während seine Peiniger im Schatten der Nische, also im Dunkeln saßen. Die Falltür wurde geschlossen und in der Hütte darüber ein Wächter postiert. Solch eine ähnliche Situation war Eberhart noch sehr gut in Erinnerung.

Mein Gott steh mir bei, dachte Eberhart, was wollen diese Kerle denn nun wieder von mir. Am besten, ich werde erst mal schweigen.

»Also,« hub der Anführer dieser Gruppe zu sprechen an, »wir gehören zu der Gruppe »Demokratie der BRD« und arbeiten für den BND. Wir wissen, dass Du ein Bürger der BRD bist und für ein Unternehmen der BRD hier in Ägypten arbeitest. Aber wir wissen auch, dass Du ein Kommunistenschwein bist und für die sogenannte DDR spionierst. Was hast Du dazu zu sagen?«

Eberhart sprach kein Wort. Sein Gehirn arbeitete angestrengt. Er dachte: Was sind das nur für Leute. Was wollen die denn eigentlich. Nach diesen Worten scheinen die für den Westen, also für den BND zu arbeiten. Da müssten die doch aber wissen, dass ich auch für den BND arbeite.

»Na wird's bald? Wir hatten Dich etwas gefragt!«

Was mach ich denn bloß. Sag ich, dass ich auch für den BND arbeite oder lieber nicht.

In diesem Moment erhielt er die ersten Schläge. Erst, als er anfing zu sprechen, sagte der Anführer:

»Halt ein, das Schwein lernt singen.«

»Ich weiß nicht, was Ihr eigentlich von mir wollt!« sagte Eberhart, um erst mal Zeit zu gewinnen.

»Also zum letzten Mal. Wir wollen wissen, warum Du Schwein als Bundesbürger für die scheiß Stasi arbeitest und nicht für den BND. Aber etwas plötzlich!«

Was mach ich bloß. Sag ich's oder sag ich's nicht. Wenn das nun alles eine Finte ist. Es ist alles so ähnlich, wie mit dem Überfall auf mich damals in Kassel.

Wieder hagelte es Schläge. Diesmal in die Lebergegend. Es nahm ihm die Luft und er hatte Mühe, noch zu sprechen. Aber er musste irgend etwas sagen, sonst prügeln die weiter.

»Wie kommt Ihr denn darauf, dass ich für die Stasi der DDR arbeite. Wer sagt denn so etwas.«

»Dann müssen wir dich eben überzeugen, wenn Du nicht sprechen willst.«

Blitzschnell banden sie ihm die Füße, welche plötzlich nach hinten weggezogen wurden. Er konnte sich gerade noch mit den Händen auf dem Boden abstützen, sonst wäre er mit dem Kopf mit aller Wucht auf den Boden geschlagen. Trotzdem war der Aufschlag sehr schmerzhaft. Mit einem Flaschenzug an der Decke, welchen er vorher in der Dunkelheit nicht sehen konnte, wurde er an den Füßen hochgezogen. Einer der Männer riss ihm sein Jackett vom Körper und durchsuchte es. Natürlich fand er die Büchse mit den Medikamentenkapseln.

»Was haben wir denn da?«

»Das sind meine Medikamente,« stöhnte Eberhart. Da drückte der Erste seine Zigarette auf dem Rücken von Eberhart aus, dass er vor Schmerz laut aufschrie.

»Du Schwein, wir wissen genau, was da drin ist.« Nun drückte der Zweite seine Zigarette auf der Brust von Eberhart aus. Vor Schmerz verlor Eberhart fast das Bewusstsein.

»Hör zu, Du Aas, wir hätten da ein paar Aufträge für Dich. Also wenn Du Dich bereit erklärst, auch für den BND zu arbeiten, hören wir sofort auf und Du kannst Deiner Wege gehen.«

Einen Moment war er geneigt, sein Geheimnis zu verraten und »Ja« zu sagen. Doch dann wanderten seine Gedanken zu der Brutalität des Überfalls auf ihn in Kassel und er dachte: Irgend etwas stimmt hier nicht. Die müssten doch wissen, dass ich für den BND arbeite. Intuitiv und verzweifelt schrie er:

»Nein, Ihr Schweine, bringt mich doch um, dann hab ich endlich Ruhe. Keinen Finger werde ich für Euch rühren.«

Der Anführer ging einen Moment nach oben und rief seinen V-Mann in Kairo an, um ihm das Resultat der Prüfung zu übermitteln. Er erhielt die Anweisung, Eberhart Vertan sofort frei zu lassen.

Indessen hing Eberhart immer noch mit dem Kopf nach unten

in dieser Folterkammer und verlor langsam das Bewußtsein. Es roch stark nach Schweiß und Urin. Das schwindende Bewußtsein gab ihm etwas Ruhe und Schmerzfreiheit.

Der Anführer gab von oben den Befehl, Eberhart sofort los zu binden und zu beleben. Nach einigen Minuten kam er zu sich. Er sah sich erschrocken und entsetzt um. Man gab ihm Wasser und Tee zu trinken und forderte ihn auf, sich wieder ordentlich anzukleiden.

Nachdem er sich einigermaßen erholt hatte, setzte er sich in sein Auto, welches seine Peiniger in der Zwischenzeit geholt und betankt hatten. Ohne noch Fragen zu stellen, fuhr er direkt nach Kairo zurück. Der Übergabetermin war ohnehin verstrichen. Außerdem war er überhaupt nicht in der Lage, noch irgendwohin zu fahren. Zuhause warf er sich auf sein Bett und ließ seinen Tränen freien Lauf. Sein Schluchzen erschütterte das ganze Bett. Dann fiel er in einen tiefen, erholsamen Schlaf. Auch als Elvira in der Nacht nach Hause kam, schlief er noch fest und bemerkte sie nicht.

Seine Frau bemerkte aber wohl, dass irgend etwas nicht stimmte. Man sah ihm auch an, dass etwas Schlimmes passiert sein musste.

Am nächsten Morgen erkundigte sie sich natürlich nach dem Grund seines Zustandes.

»Wie siehst Du denn aus, Eberhart. Was ist denn geschehen?«

»Eine Gruppe, welche sich »Demokratie der BRD« nannte und für den BND arbeitet, hat mich gejagt und gefoltert.«

»Was wollten die von Dir?«

»Die wollten mich zwingen, für den BND zu arbeiten.«

»Wussten die, dass Du für die Stasi der DDR arbeitest?«

»Ja, das wussten die. Sie schienen alles zu wissen, nur nicht, dass ich bereits für den BND arbeite.«

»Hast Du es ihnen gesagt?«

»Nein, hab ich nicht!«

»Einen Moment.«

Elvira verließ den Raum, um zu telefonieren. Nach kurzer Zeit kam sie zurück.

»Hör mir mal zu, ich habe mit meinem V-Mann gesprochen. Also, eine Gruppe »Demokratie der BRD« gibt es beim BND nicht. Der Name klingt eher wie Zynismus. Außerdem ist die Aktion, Dich für den BND einzusetzen, lange abgeschlossen. Er vermutet, dass man Dich prüfen wollte. Da sind solche Aktionen schon mal möglich. Gut, dass Du nichts gesagt hast. Sonst würde es Dir noch schlechter gehen, als es Dir ohnehin schon geht.«

Damit hatte sich Eberharts Verdacht bestätigt und wurde nun bei ihm zur Gewissheit. Diese Gewissheit verstärkte seine Verzweiflung noch mehr, aber auch seinen Hass.

Zwei Tage später hatte er ein Gespräch mit Manfred Tuchol, welches im Prinzip genauso verlief, wie seinerzeit das Gespräch mit dem Zwerg in Kassel. »Also in diesem Gewerbe müsse man mit allem rechnen, und auf keinen Fall dürfe man die Polizei einschalten.« Eberhart war sich zwar längst klar über die Hintergründe dieses Überfalls, aber er musste dieses Spiel mitspielen, um sich nicht verdächtig zu machen. Am Anfang hatte er sogar einen Moment lang seinen Freund Frank Tußmann in Verdacht. Sie hatten sich ja beide mehrfach heimlich getroffen und da er sein bester Freund war, auch reichlich über die DDR und alles, was damit zusammenhängt, geschimpft. Er wusste auch, dass man grundsätzlich niemandem vertrauen konnte. Aber das war ihm dann doch zu absurd. Deshalb verwarf er diesen Verdacht sehr schnell wieder. Trotzdem entschloss sich Eberhart mit seinem Freund ein offenes Wort zu sprechen, da er die einzige Vertrauensperson überhaupt in seiner Umgebung war.

Zur gleichen Zeit traf im MfS in Berlin ein Telegramm aus der Botschaft der DDR Kairo ein:

HKP Fluglotse positiv stopp nur ein Auftrag im Gebiet möglich stopp
KS Flus Kairo

Im Klartext hieß das:
Harte Kontrollprüfung Fluglotse mit positivem Ausgang durchgeführt stopp er arbeitet zuverlässig nur für uns stopp
Kontrollstab Flugstabilisierung Kairo

Nach diesem Telegramm konnte man im MfS wieder zur normalen Tagesordnung übergehen. Werner Holstein begab sich nach Kassel, um mit Alwin Zwerg verschiedene Maßnahmen in Verbindung mit der Reimann AG einzuleiten. Gleich am ersten Tag in Kassel, er saß gerade mit dem Zwerg über einem Lageplan des Werkes mit Büroverzeichnissen und Personenlisten, wurde die Wohnungstür aufgesprengt und ein Sonderkommando des Bundesgrenzschutzes stürmte herein.

»Hände hoch! Alles fallen lassen! Bundesgrenzschutz. Stellen Sie sich mit dem Gesicht zur Wand! Los, los, ein bisschen plötzlich!«

Zwei Beamte hielten die beiden mit ihren Waffen in Schach, während vier Beamte sofort die Wohnung durchsuchten. Alle Unterlagen, Ordner mit Fernschreiben, Karten und Personenlisten mit Adressen, wurden beschlagnahmt und sofort verpackt.

»Sie sind verhaftet wegen des Verdachts der Spionage für die DDR.«

»Wie kommen Sie denn auf so etwas? Wir sind Handelsvertreter und bereiten unsere Geschäfte vor. Die Adressen wollen wir besuchen, um etwas zu verkaufen.«

»Das können Sie dann alles dem Staatsanwalt erzählen!«

Die Handschellen klickten. Jeder Widerstand wäre ohnehin völlig sinnlos gewesen und hätte die Situation der beiden nur verschlimmert. Sie wurden abgeführt und zunächst zur Vernehmung in das Hauptgebäude vom BGS gebracht. Noch in der gleichen Nacht wurden alle verdächtigen Personen auf der Liste von Alwin Zwerg vom BGS abgeholt. Diese Aktion war das erste Resultat von Eberhart's Zusammenarbeit mit dem BND.

Im MfS in Berlin war man sprachlos. Wie konnte Werner Holstein enttarnt werden? Trotz des positiven Ergebnisses der Prüfung von Eberhart Vertan, wurde man den Verdacht nicht los, dass da irgend etwas nicht stimmt.
    Am gleichen Tag ging in der Botschaft der DDR in Kairo ein Fernschreiben ein:

IM Müller Gespr Fluglotse wegen zweiten Auftrag im Gebiet. MfS

Im Klartext heißt das:
    IM Müller soll mit Fluglotse (Eberhart Vertan) ein vertrauliches Gespräch führen wegen eventueller Agententätigkeit für den BND.
    Ministerium für Staatssicherheit

Daraufhin wurde Frank Tußmann in die Botschaft einbestellt. Er erhielt von dem Vertreter des MfS den Auftrag, mit dem Bundesbürger Eberhart Vertan Kontakt aufzunehmen und ihn über seine Hobbys und seine Zusammenarbeit mit dem MfS auszuhorchen. Frank wusste nicht, was er davon halten sollte und war völlig irritiert. Dem Auftrag musste er so oder so nachkommen. Deshalb entschloss er sich, mit Eberhart offen zu sprechen. Es war ohnehin höchste Zeit, dass er ihm reinen Wein einschenkte, zumal der Druck auf Frank durch das MfS ständig stärker wurde. Das MfS war mit der Berichterstattung Franks nicht zufrieden und drängte auf mehr Ergebnisse. Sie hatten schon einen gemeinsamen Treff vereinbart, sodass es in dieser Hinsicht keine Probleme gab.

Einige Tage später trafen sie sich am späten Abend, gegen 22 Uhr im Hühnchenrestaurant »Andrea« am Kanal, in der Nähe der Pyramiden von Gizeh. Das war ein gut gewählter Platz. Zum Ersten war es etwas abgelegen und nicht so stark besucht wie ein Nachtclub. Zum Zweiten saß man im Freien und im Halbdunkeln, und zum Dritten gab es dort einzigartig gegrillte Hühnchen als Spezialität. Der Duft des Grills zog die ganze Straße am Kanal entlang, man konnte es schon von weitem im Auto riechen. Die beiden Freunde hatten sich einen Platz in der Mitte der Sitzfläche im Freien ausgesucht. Dort war es am dunkelsten. Wegen der vielen Mücken am Kanal war die Beleuchtung nur am Rande der Sitzfläche installiert. Dort befanden sich auch sehr große Hochfrequenz-Mückenfallen. Unter diesen hielten sich hunderte Frösche und Kröten auf, sie warteten auf die herunterfallenden, gegrillten Mücken. Die milde Abendbriese, welche vom Kanal her in Richtung Pyramiden blies, brachte angenehme Entspannung und Erholung von den Tagestemperaturen. Der wolkenlose Sternenhimmel zauberte eine märchenhafte Stimmung über die ganze Ebene von Gizeh. Aus den Lautsprechern klang leise orientalische Musik. Es war eine sehr besinnliche Atmosphäre. Nur die Stimmung der beiden Freunde, schien nicht so recht dazu zu passen. Nachdem sie Platz genommen hatten, brachte der Kellner sofort, ohne gesonderte Bestellung, die Nebenspeisen. Diese bestehen in allen arabischen Lokalen aus kleinen Tellerchen und Schüsselchen mit sehr schmackhaften Leckereien, wie Dahena (angerichteter Sesambrei) zum Stippen mit Fladenbrot, eingelegte Auberginen, eingelegte Lemonen, Mixed Pickeles und vieles mehr. Das Hühnchen wird erst nach der Bestellung gesondert gegrillt.

Nachdem sie genüsslich ihr Abendessen verspeist hatten, bestellten sie sich ihre Lieblingsgetränke. Eberhart, wie immer, seinen Campari/ Martini mit Wasser und Frank trank Cuba-Libre (Cola mit Rum).

»Ich muss Dir etwas sehr wichtiges erzählen, Frank!« begann Eberhart. »Wir kennen uns schon seit unserer Kindheit. Wir sind schon viele Jahre eng befreundet und haben uns immer gut verstanden. Deshalb fällt es mir ganz besonders schwer, Dir das zu sagen, was ich Dir sagen muss. Wegen dieser blöden politischen Situation, in welcher wir leben müssen, habe ich Dir einiges verschwiegen, was mein Leben hier betrifft. Natürlich hätte ich Dir schon am ersten Tag unseres Wiedersehens sagen müssen, was los ist, aber ich hoffe nun, dass Du mir das verzeihst.«

»Ich merke schon lange, dass Dich etwas bedrückt. Dazu kenn ich Dich viel zu gut, als dass ich das übersehen könnte. Bitte sei nicht bange, Eberhart. Was es auch sei, das Dich bedrückt, ich weiß ganz genau, dass Du es nicht verheimlicht hast, um mich zu hintergehen, sondern dass Du Deine Gründe dafür hattest.«

Eberhart erzählte nun seine ganze Geschichte mit allen Einzelheiten. Wie er zum Agenten gepresst wurde, wie er zum Doppelagenten gepresst wurde und seinen gesamten Leidensweg in Ägypten. Mit den Worten:

»Und nun kann ich nicht mehr. Ich bin ausgebrannt wie eine leere Kartusche und ich weiß nicht mehr weiter. Ich weiß nicht mehr, was ich machen soll. Beide Seiten haben mich fest im Griff, und ich habe entsetzliche Angst. Ich hoffe nur, dass Du mich verstehst.«

»Da kannst Du ganz unbesorgt sein, Eberhart. Niemand könnte Dich besser verstehen als ich, denn auch ich muss Dir etwas gestehen. Man hat mich zwar nicht zum Agenten gemacht, aber zum IM gepresst. Auch ich arbeite für die Stasi.«

Frank erzählte nun seinerseits seinen Werdegang zum IM. Auch, dass er nun auf ihn, Eberhart, angesetzt sei, weil die Stasi schon lange den Verdacht hat, dass er ein doppeltes Spiel treibt, verheimlichte er nicht.

»Das ist ja entsetzlich!« stammelte Eberhart mit einer Stimme, der man anhörte, dass sie gegen die aufkommenden Tränen zu kämpfen hatte. Das war zunächst alles, was er sagen konnte.

Lange Zeit saßen sie sich schweigend gegenüber. Nur das Zirpen der Grillen und die sehr leise orientalische Musik schwächte diese Stille etwas ab.

»Was ist aus uns geworden?!« unterbrach Eberhart als erster dieses Schweigen. »Was hat dieser scheiß Sozialismus aus uns gemacht. Da sitzen wir nun in Kairo, zwei gute Freunde aus Riesa und wissen nicht mehr weiter. Wir, zwei unternehmungslustige Draufgänger und nun als das personifizierte Unglück inmitten des märchenhaften Orients. Wie kommen wir nur aus dieser Scheiße wieder raus?«

»Hör zu, Eberhart. Zunächst will ich Dir sagen, wir waren immer gute Freunde und wir werden immer und ewig die alten Freunde bleiben. Wir werden zusammenhalten, was auch immer geschieht. Ich verspreche Dir, ich werde immer zu Dir stehen, da kann kommen was will!«

»Danke Frank, danke! Auch ich verspreche Dir, zu Dir zu halten und mit Dir durch Dick und Dünn zu gehen, ganz gleich, was passiert!«

Die Freunde hatten sich in der Zwischenzeit erhoben und gaben sich die Hand, wie zum Zeichen der Besiegelung. Zum gegenseitigen Trost umarmten sie sich, bevor sie wieder Platz nahmen. Erst lange nach Mitternacht trennten sie sich und gingen nach Hause.

Beide fühlten nach dieser Aussprache eine bedeutende Erleichterung. Dennoch konnten sie keine Ruhe finden, und dachten immerzu angestrengt über eine Lösung ihrer Probleme nach.

Kapitel VII
Das Verhängnis

Inzwischen hatte das Jahr 1967 begonnen. Eberhart besuchte nach wie vor die IM's im Delta, um seine Kapseln zu übergeben und versorgte den BND mit Informationen über seine und deren Aktivitäten. Frank schrieb weiter seine Berichte und handelte sich eine Rüge nach der anderen ein. Hin und wieder trafen sie sich »rein zufällig« in der Sharia Soliman Pasha, in der Buchhandlung Lehnert und Landrock, bei dem Suchen nach Kartenmaterial oder im Gartencafé Groppi. Sie vereinbarten ein geheimes Treffen für den 27. Februar in der Raststätte an der Wüstenstraße nach Alexandria, in der Nähe des Wadi el Natrun. Dort konnte man ungestört sprechen.

»Hör zu, Frank, ich halt das nicht mehr aus. Wir müssen etwas unternehmen, bevor ich völlig durchdrehe.«

»Ja Eberhart, ich bin ganz Deiner Meinung. Aber was wollen wir unternehmen? Wie kommen wir hier raus?«

»Wie kommen wir hier raus, ist die richtige Frage, und zwar nicht nur aus dieser Situation, sondern im wahrsten Sinne des Wortes aus diesem Land. Es gibt nach meiner Meinung keine Alternative. Wir müssen hier raus. Aber wie, ist die Frage. Wenn wir versuchen, einen Flug irgendwohin zu buchen, werden wir beim Besteigen des Fliegers verhaftet. Du genauso wie ich. Das Gleiche würde passieren, wenn wir versuchten, in Alexandria an Bord eines Schiffes zu gehen. Der Hafen, genau wie der Flughafen, werden von der Stasi ständig überwacht.«

»Ich denke auch vom BND.«

»Da wirst Du wohl recht haben, Frank.«

»Was gibt es denn noch für Möglichkeiten, von hier zu verschwinden? Eventuell über das Rote Meer nach Sinai?«

»Halt mal, Frank. Du bringst mich da auf eine Idee. In den

vergangenen Jahren habe ich ab und zu einen Ausflug durch die Wüste unternommen. Von diesem Rasthaus hier führt ein alter Karawanenpfad durch das Wadi el Natrun und dann weiter durch die Wüste bis Marsa Madruk.«

»Und was wollen wir dort. Da sind wir immer noch in Ägypten.«

»Das schon, aber von dort ist es nicht mehr weit bis zur Grenze nach Libyen. Wenn wir dort sind, bevor man uns vermisst, ist es kein Problem, über die Grenze zu gehen.«

»Und was dann weiter?«

»Wir haben keine Wahl, Frank. Wir müssen uns dann weiter Richtung Westen durchschlagen, um eventuell über Algerien nach Marokko zu gelangen. Irgendwo müssen wir versuchen, Arbeit zu finden und ein völlig neues Leben zu beginnen!«

»Das klingt nicht schlecht, Eberhart. Wenn wir zusammenhalten, könnten wir es schaffen. Aber wie stellen wir es an, die Grenze nach Libyen zu erreichen, bevor man uns vermisst und die Grenzübergänge informiert?«

»Auch da sehe ich eine Möglichkeit. Anfang Juni ist Pfingsten. Es gibt also ein paar freie Tage, an welchen wir auf Arbeit nicht vermisst werden. Diese Zeit müssen wir nutzen. Wir müssen lange vorher anfangen, bestimmte Lebensmittel zu kaufen und mein Auto mit allem Notwendigen voll zu packen. Wasser, Benzin, Fladenbrot und viele notwendige Kleinigkeiten. Am Freitag ist unser Sonntag, am Samstag haben wir frei, und dann kommt der 1. und der 2. Feiertag. Also stehen uns vier Tage zur Verfügung, bevor man uns vermissen wird. Wir würden schon am Donnerstag Abend starten, da haben wir noch eine Nacht dazu.«

»Und was willst Du Deiner Frau erzählen?«

»Im Prinzip ist es der völlig gleichgültig, ob ich zu Hause bin oder was ich mache, solange ich meinen Verpflichtungen gegenüber dem BND nachkomme. Ich werde ihr erzählen, dass ich einen Pfingstausflug in Richtung Süden mache, um mir Karnak und eventuell noch den Assuan Staudamm anzusehen. Da fällt es auch nicht auf, wenn ich mir mein Auto vollpacke und schon am Donnerstag Abend losfahre.«

»Großartig! Das gefällt mir sehr gut, so werden wir es machen. Eberhart, wir werden es schaffen! Wir werden gemeinsam durch Dick und Dünn gehen!

Dann verabschiedeten sie sich, schon mit einem Termin für einen nächsten Treff. Man wollte so schnell wie möglich mit den Vorbereitungen zu diesem Fluchtunternehmen beginnen.

Zuhause angekommen, wartete eine Überraschung auf ihn. Es war weit nach Mitternacht. Bei seinem Routineblick in den Briefkasten fand er einen Zettel: Eberhart Vertan bitte komme ganz dringend in die Ledergasse, auch wenn es spät in der Nacht sein sollte. 27.02.67. Der Zettel enthielt keine Unterschrift. Was sollte er davon halten? Ledergasse, das klingt nach Stasi-Treff. Sei es wie es sei, er war schon viel zu weit in diese Organisationen verstrickt, als dass er diese Nachricht ignorieren konnte. Er musste hin, ob es ihm passte oder nicht. Sicherheitshalber steckte er noch seine Waffe ein, man konnte ja nie wissen. Er nahm noch seine Taschenlampe mit und fuhr wie der Teufel nach Khan el Khalili. Er konnte ziemlich nah heran fahren, da zu dieser Zeit so gut wie kein Betrieb mehr war. Es war 3 Uhr morgens, die Geschäfte hatten alle geschlossen. Die Gassen waren menschenleer. Nur hin und wieder sah man einen Wächter vor einem der Geschäfte liegen. Eberhart wurde sehr misstrauisch beäugt, als er so mutterseelenallein zu dieser Zeit durch die Gassen lief, welche zu dieser Zeit fast dunkel waren. Es leuchteten nur einzelne Orientierungslampen. Der Tageslärm war verstummt. Nur hier und da hörte man leise orientalische Musik aus einem Kofferradio quäken. Wolken jagten über den Himmel und es wehte ein kühler Wind. Es schien sich ein Gewitter anzukündigen. Es war ja noch Februar. Er tastete sich weiter in Richtung Lederwarenladentreff, die rechte Hand immer in der Jacketttasche an der entsicherten Waffe. Ein greller Blitz erleuchtete für den Bruchteil einer Sekunde die Straße. Die Zeit reichte aus, um auf der anderen Straßenseite einen Mann stehen zu sehen. In seiner Hand leuchtete es metallisch auf. Das konnte nur eine Waffe gewesen sein. Wenige Sekunden später krachte ein Donnerschlag durch die Gassen, etwas pfiff an seinem Ohr vorbei und klatschte neben ihm in die Hauswand. Eberhart wusste sofort, dass man auf ihn geschossen hatte. Der Schuss selbst war in dem Donnerschlag untergegangen. Jetzt hieß es aufpassen. Anscheinend war ihm mit der Aufforderung zu diesem Treff eine Falle gestellt worden, aber sicher war er sich noch nicht. Es könnte auch ein nervös gewordener Wächter gewesen sein. Kurz darauf blitzte es erneut und Eberhart war in diesem Blitzlicht gut zu sehen. Direkt nach dem Blitz warf sich Eberhart auf den Boden. Als es donnerte, hörte er erneut eine Kugel über seinem Kopf pfeifen und in die Hauswand einschlagen. Er hatte auch kurz das Mündungsfeuer gesehen. Intuitiv sprang er auf, zog blitzschnell seine Pistole und gab zwei Schüsse in Richtung des Mündungsfeuers ab. Natürlich konnte er nicht sagen ob er irgend etwas oder irgendwen getroffen hatte. Die Gefahr, dass da eventuell eine Privatperson getroffen werden könnte, war sehr gering. Kein Mensch würde um diese Zeit auf die Straße gehen, wenn dort Schüsse fallen. Nach diesem Schusswechsel setzte sich Eberhart blitzschnell in Bewegung und lief, was das Zeug hielt, in Richtung Ladentreff.

Ganz gleich, was jetzt passiert, dachte er, das ist die einzige Möglichkeit, mich in Sicherheit zu bringen.

Völlig außer Atem kam er an der Haustür zu seinem Treff an, hatte den Schlüssel schon in der Hand und die Tür sehr schnell geöffnet. Als er die Tür hinter sich ins Schloss warf, fiel erneut ein Schuss. Er sah auch das Mündungsfeuer und hörte die Kugel einschlagen, dann war die Tür zu. Mit schlafwandlerischer Sicherheit lief er im Schein seiner Taschenlampe durch das Materiallager in Richtung Geheimzimmer. Dort war natürlich kein Mensch. Also doch eine Falle, dachte er. Er wusste, dass er bei seinen wiederholten Besuchen in der Ledergasse beobachtet worden ist. Aber wer hatte ein Interesse daran, ihn auszuschalten? Kurz bevor er das Geheimzimmer betrat, hörte er einen Schuss und dann das Aufschlagen der Türe. Man hatte das Schloss zerschossen. Aus dem Augenwinkel heraus sah er noch, wie drei Männer mit Taschenlampen in den Lagerraum stürmten. Da war er schon im Zimmer. Ohne zu überlegen, lief er durch die hinter einem Teppich verborgene Geheimtüre in den unterirdischen Gang. Erschrockene Ratten flüchteten in Ritzen und Löcher, als Eberhart keuchend durch den Gang hastete. Nur gut, dass er sich hier auskannte, denn unterwegs gab es einige Abzweigungen, welche wahrscheinlich mal als eine Art Kanalisation gedacht waren. Nach wenigen Minuten erreichte er unbehelligt den Geräteraum der Toilette. Da er sich auch hier schon ganz gut auskannte, vermied er jedes Leuchten mit der Taschenlampe, um bloß keine Aufmerksamkeit zu erzeugen. Einige Minuten verharrte er regungslos in diesem Raum und lauschte angestrengt nach draußen, doch nur das Piepsen einiger Ratten oder Mäuse verriet, dass es hier überhaupt etwas Lebendes gab. Durch das kleine Fenster, welches etwas erhöht angebracht war, spendete der Mond zwischen den dahinjagenden Wolken ab und zu etwas diffuses Licht. Das Gewitter hatte sich verzogen. Vorsichtig versuchte Eberhart, durch dieses Fenster einen Blick auf die Straße zu werfen, doch es war weder etwas zu sehen noch zu hören. Nach allen Seiten sichernd, verließ er mit höchster Wachsamkeit sein Versteck und pirschte sich durch die Dunkelheit bis zu seinem Fahrzeug. Wohlbehalten und ohne weitere Zwischenfälle erreichte er seine Wohnung. Er gönnte sich noch einen kurzen Schlaf, dann musste er wieder raus.

Tags darauf hatte er eine längere Aussprache mit Manfred

Tuchol. Die nächtliche Aktion war natürlich nicht unbemerkt geblieben. Der entstandene Schaden war schnell behoben. Die Polizei wurde natürlich wie immer nicht eingeschaltet. Nachdem Eberhart einen ausführlichen Bericht über diesen Überfall abgegeben hatte, recherchierte Tuchol nach den möglichen Ursachen und Tätern. Die Stasi hatte sehr gute und weitverzweigte Verbindungen zu Ägyptern, welche nun alle in Bewegung gesetzt wurden. Für Eberhart brachte diese Aktion auch wieder Informationen über das Agentennetz, welche er seinen Verpflichtungen entsprechend sofort an den BND weitergab.

Nur wenige Tage später teilte ihm Tuchol mit, dass hinter diesem Überfall eine Organisation der arabischen Fundamentalisten steht. Die haben wohl angeblich von seiner geheimdienstlichen Tätigkeit Kenntnis erhalten und versuchten ihn zu liquidieren.

Dieses Ereignis erhöhte natürlich die innere Anspannung Eberharts und bestärkte ihn in seinem Entschluss der Flucht. Denn ab diesem Tag musste er immer mit der Angst leben, dass er brutal überfallen wird. Auch wusste er nicht mehr, von welcher Seite die Gefahr größer war und wie er sich am besten schützen sollte.

Auch der BND erhielt natürlich Kenntnis von diesem Vorfall. Und dies nicht nur über Elvira, sondern durch viele Spitzel. Eventuelle Maßnahmen zum Schutz von Eberhart gab es von keiner Seite.

Die beiden Freunde Eberhart und Frank betrieben ihre Fluchtvorbereitungen sehr geheim, aber sehr intensiv und zählten die Tage. Es galt vor allem, auf keinen Fall irgendwie aufzufallen. Die geheimen Treffs wurden auf ein Mindestmaß reduziert. Nur die allerdringendsten Informationen wurden ausgetauscht. Eberhart hatte wegen seines Berufes schon lange umfangreiches Kartenmaterial zusammengetragen. Das war das Erste, was er in seinem Fahrzeug versteckte.

Elvira war von ihm über seinen geplanten Pfingstausflug in den Süden, immer nilaufwärts, informiert worden. Deshalb wunderte sie sich in keiner Weise über seine Reisevorbereitungen. Sie kannte ja auch seine Vorliebe für Reisen in unwegsame Gebiete.

Endlich war es soweit. Der 02. Juni 1967 war gekommen. Eberhart hat seiner Frau Elvira am Morgen gesagt, dass er direkt nach der Arbeit seinen Pfingstausflug startet und losfährt. Da gab es auf beiden Seiten keinen großen Abschiedsschmerz. Am Vormittag rief Frank nochmal an.

»Eberhart, ein guter arabischer Freund hat mir angedeutet, dass Du in Gefahr bist. Er hat mir zwar keine Details genannt, aber gesagt, Du solltest sehr vorsichtig sein.«

»Ok Frank, ich weiß Bescheid.«

Mehr wurde nicht gesprochen. Eberhart zermarterte sich das Hirn, konnte aber keine Antwort auf seine Fragen finden. Er hatte zwar keine Angst, aber so richtig wohl hat er sich auch nicht gefühlt. Durch seinen jahrelangen Einsatz in Ägypten hatte er sich zu Hause allerhand Geld aus seinem Gehalt angespart. Auch hier in Kairo hatte er ein kleines, aber schon ganz ansehnliches Konto. In einem Anflug von Vorsicht und Trotz riss er von einem Bogen Packpapier, welcher zufällig vor ihm lag, ein Stück ab und schrieb auf diesen Fetzen:

Mein letzter Wille

Ich, Eberhart Vertan, geboren am 23.04.1936 in Riesa, z.Zt. wohnhaft in Kairo-Zamalek, Sharia Aziz Osman Nr. 6, verfüge hiermit für den Fall, dass mir etwas zustößt, dass mein gesamtes Eigentum einschließlich meines gesamten Geldes meine Freundin Jasmina erhalten soll. Meine Ehefrau Elvira erhält nichts.

Kairo, am 2.6.1967   Eberhart Vertan

Dieses improvisierte Testament legte er in seinen Schreibtisch, denn der würde ja in jedem Fall ausgeräumt, wenn er am Dienstag nicht zurück kommt.

Gegen 18 Uhr setzte er sich in sein Auto und fuhr los. Die Sharia 26. July führt mitten in der Stadt durch den Ezbekiya-Garden. Dort trafen sich die beiden Freunde. Der Platz war gut ausgewählt und sehr unverfänglich. Frank war ungeheuer aufgeregt und zitterte am ganzen Körper. Der Entschluss, Ägypten auf diesem Weg zu verlassen, um sich nach Westafrika durchzuschlagen und dort irgendwo ein neues Leben zu beginnen, war von derart weitreichender Bedeutung, dass wohl beide die Konsequenzen noch nicht in vollem Umfang überblicken konnten. Beide wussten nicht, ob und wann sie jemals ihr Heimatland und ihre Angehörigen wiedersehen würden. Beide sprachen kein Wort. Jeder hing seinen Gedanken, Wünschen und Hoffnungen nach. Noch einmal durchquerten sie Zamalek bei ihrer Fahrt nach Westen in Richtung der Pyramiden, denn sie mussten ja zur Wüstenstraße, Richtung Alexandria. Noch einmal fuhren sie durch Madin de Mohandesin (Stadt der Ingenieure), wo Frank Tußmann momentan wohnte. Dann ließen sie die Stadt hinter sich und näherten sich Gizeh. Kurz vor den Pyramiden geht die Straße nach Alexandria rechts ab. Als sie in diese Straße einbogen, welche direkt durch die Wüste führt, besserte sich ihre Stimmung und sie wurden beide bedeutend ruhiger.

»Frank, unser neues Leben hat begonnen! Lass uns zuversichtlich in die Zukunft schauen. Wir sind jung und gesund. Wir haben viel Erfahrung und gute Kenntnisse in vielen Dingen. Was soll uns schon passieren.«

»Stimmt, Eberhart. Packen wir's an! Wir haben schon viel Schlimmeres mitmachen müssen!«

Sie fuhren jetzt Richtung Norden, also schien die Sonne von links. Dadurch mussten sie nicht gegen die Sonne fahren, denn die kam nun langsam aber sicher immer tiefer. Der heiße Wind aus der Wüste blies durch das geöffnete Autofenster. Aber auch der Fahrtwind brachte noch keine bemerkenswerte Abkühlung. Gegen 20.30 Uhr erreichten sie die bereits bekannte Raststätte. Sie hatten nicht die Absicht, dort einzukehren, wollten jedoch noch einmal volltanken, bevor sie in die Wüste eintauchten.

»Messa elachier!« (Guten Abend!) grüßte Eberhart den Tankwart freundlich.

»Messa elachier Mister, enter aus eh?« (was wünschen Sie?) grüßte der Tankwart erstaunt zurück. Es kam nicht oft vor, dass ein Europäer Arabisch spricht.

»Änne aus Benzina gedier, menfadlak.« (ich möchte voll Benzin, bitte.)

»Hadr, Mister, haga dani?« (in Ordnung Mister, sonst noch was gefällig?)

»Schukran aui, musch aus haga dani, schukran.« (Vielen Dank, weiter möchte ich nichts, Danke.)

»Elfe schukran, Mister. Enter fie wahed o ascherin litre, gibo etnin pound o sabatascha piastr.« (Tausend Dank, Mister. Sie haben einundzwanzig Liter getankt, das kostet zwei Pfund und siebzig Piaster.)

»Schukran, maasalama.« (Danke, Aufwiedersehen.)

»Maasalama, Mister, kollo senne o enter teip.« (Aufwiedersehen Mister, das ganze Jahr soll es Ihnen gut gehen.)

Der Tankwart schaute den Beiden noch lange nach und wunderte sich, dass sie die nächste Straße in westlicher Richtung, zur Oase Wadi el Natrun, abbogen. Die meisten Leute, die hier mit dem Auto vorbeikommen und vornehmlich Europäer, befinden sich auf dem Weg nach Alexandria und fahren geradeaus weiter.

Manchmal fahren dort Touristen mit Fremdenführer rein, um sich das Kloster im Wadi anzusehen. Aber das passiert nur morgens, niemals am Abend. Er hatte nicht viel Zeit, sich zu wundern, denn er musste weiter bedienen.

»Wir werden hier in der Oase ein paar Stunden schlafen,«
meinte Eberhart, »damit wir morgen ausgeruht in den Tag fahren können. Der wird sicher sehr anstrengend. Gegen vier Uhr
brechen wir auf, da können wir noch die Nachtkühle nutzen
und sind frisch.«

»Ok Eberhart, ich bin auch der Meinung, dass es gut so ist.«

An einem freien Platz unter Palmen richteten sie sich ihr
Fahrzeug zum schlafen ein und machten sich noch ein kleines Abendbrot. Es gab Fallaffel mit Fladenbrot (Gemüsefrika-
delle). Während des Essens kamen ein paar Kinder, um die
Fremden zu bestaunen. Dann kamen noch zwei ältere würdige
Herren, in schneeweißer Galabea und erkundigten sich ehrer-
bietig nach dem Woher und Wohin der Fremden. Nachdem
die erforderlichen Höflichkeitsfloskeln ausgetauscht waren, gingen die Herren zurück ins Dorf. Sie begaben sich in das Haus
vom Stammesältesten und berichteten von den Fremden. Dieser
wiegte das Haupt überlegend hin und her, dann griff er zum
Telefon. Er informierte die Touristenpolizei in Kairo darüber,
dass in seiner Oase zwei Europäer im Auto übernachteten, die
die Absicht hätten, am nächsten Morgen in die Wüste zu fahren. Dieser Anruf war keinesfalls böswillig, sondern in bester
Absicht getätigt worden. Wenn Europäische Touristen alleine in
die Wüste fahren, begeben sie sich immer in große Gefahr, weil
sie dieselbe total unterschätzen. Nicht umsonst steht am Anfang
und Ende jeder Straße, welche durch eine Wüstenregion führt,
ein Polizeiposten. Bei jedem Fahrzeug, welches in diese Region
fährt, wird von diesem Posten die Zeit des Einfahrens und am
anderen Ende die Zeit des Ausfahrens registriert. Allerdings war
das alles noch etwas unterentwickelt und hat nicht so richtig
funktioniert. Im Falle von Eberhart und Frank hatte also der
Posten in Kairo am Anfang der Wüstenstraße nach Alexandria
das Kennzeichen des Fahrzeuges um 18.30 Uhr registriert. Am
Kennzeichen ist zu sehen, dass es sich um ein Fahrzeug handelt,

welches für Europäer zugelassen ist. In der Hauptzentrale der Touristenpolizei hingegen wurde vermerkt, dass ein Fahrzeug mit diesem Kennzeichen gegen 20.30 Uhr die Wüstenstraße verlassen hat und in der Oase Wadi el Natrun übernachtet.

Am nächsten Morgen sind die Freunde gegen 3.30 Uhr aufgestanden. Es war noch dunkel. Nur am östlichen Horizont war schon ein rötlicher Schimmer der aufgehenden Sonne zu sehen. Der kühle Morgenwind war sehr angenehm. Beide fröstelten sogar ein bisschen, da sie etwas übernächtigt waren. Der Schlaf in diesem Auto war nicht besonders erholsam. Die Oase erstreckt sich von Nordwest nach Südost und ist etwa 40 km lang, aber nur ca 9 km breit.

Nach einem kurzen Frühstück und ein paar Bewegungsübungen starteten sie ihr Fahrzeug zur großen Reise ins Unbekannte. Sie fuhren auf einem alten Karawanenweg, welcher etwas festeren Boden hatte und ab und zu mit kleinen Steinpyramiden als Wegweiser gekennzeichnet war. Er führte in Richtung Westen und korrigierte ab und zu leicht nach Norden. Sie benutzten fast nie ihren Kompass, sondern orientierten sich an den Wegmarkierungen und der Sonne, welche inzwischen aufgegangen war. Es war für die beiden ein herrliches Erlebnis, mit der aufgehenden Sonne im Rücken und bei strahlend blauem Himmel in die Welt zu fahren. Der Karawanenpfad machte zeitweise eine Krümmung, um einer Düne auszuweichen, hielt aber die Hauptrichtung immer ein und führte direkt nach Marsa Madruk. Da der Pfad auch immer wieder von Sand verweht war, musste Eberhart höllisch aufpassen, nicht von ihm abzukommen. Wenn das passieren sollte, würde sich ihr Wagen hoffnungslos im lockeren Sand festfahren und sie müssten sehr viel Zeit und Mühe aufbringen, das Fahrzeug wieder frei zu bekommen. Deshalb mussten sie auch sehr langsam fahren. Eberhart schätzte, wenn alles gut ginge, sie gegen Abend in Marsa Madruk sein müssten. Sie waren schon gute vier Stunden unterwegs und die Oase lag bereits weit hinter ihnen. Die Sonne war schon ein ganzes Stück gestiegen und begann ihre sengenden Strahlen zur Erde zu senden. In dieser Jahreszeit vollzieht sich der Wechsel von nächtlicher Kühle und der Hitze des Tages sehr schnell. Mit einem Lied auf den Lippen zogen sie ihre Bahn, dabei hoppelte das Fahrzeug relativ langsam über die holprige Piste. Es war so gegen 11 Uhr, als sie wieder einmal eine Düne umfahren hatten, als plötzlich zwei Kamelreiter vor ihnen die Piste blockierten.

»Es sind anscheinend Beduinen« meinte Eberhart. »Wahrscheinlich ist hier ein Beduinenlager in der Nähe.«

»Was wollen die von uns?!« fragte Frank.

»Keine Ahnung. Es ist durchaus möglich, dass sie etwas verkaufen wollen, allerdings ist es auch möglich, dass sie uns ausrauben wollen.«

Es blieb ihnen nicht viel Zeit für derartige Überlegungen. Als sich ihr Fahrzeug den beiden Reitern näherte, ließen sich die Kamele quer zur Piste nieder und die beiden Reiter stiegen ab. Eberhart und Frank hatten keine Wahl. Ein Ausweichen in den Wüstensand war völlig ausgeschlossen, also mussten sie anhalten.

Die beiden Männer waren gekleidet wie Beduinen, sie trugen einen Turban und schwarze Galabeas. Das Halstuch war zum Schutz gegen den Sand bis unter die Augen vor das Gesicht gebunden. Sie hatten dunkle Hautfarbe und die schwarzen Augen blitzten gefährlich in dem schmalen Schlitz zwischen Gesichtstuch und Turban. Sie traten an das Auto und zeigten den Männern einen arabischen Ausweis mit Lichtbild. Natürlich konnte den Ausweis keiner lesen.

»Wir sind Drogenfahnder der Wüstenpolizei. Bitte steigen Sie aus, wir müssen Ihr Fahrzeug kontrollieren!« Diese Aufforderung sprachen sie in einwandfreiem Englisch.

Während beide das Auto verließen, sagte Eberhart:

»Da können Sie gerne nachschauen. Wir besitzen keinerlei

Drogen!« Etwas beruhigter waren beide nach dieser Einlassung. Schien es doch eine offizielle Kontrolle zu sein.

»Stellen Sie sich bitte dort drüben hin und bleiben Sie drei Meter vom Auto entfernt!«

Die Sonne hatte fast den Zenit erreicht und ihre Strahlen brachten den Wüstensand fast zum Glühen. Schon nach wenigen Minuten lief den beiden Freunden der Schweiß in Strömen über ihr Gesicht und den ganzen Körper. Die Männer ließen sich Zeit mit der Überprüfung des Fahrzeuges. Einer der Männer ging zu den Kamelen und holte ein kleines Körbchen, welches hinter dem Kamelsattel befestigt war. Er ging auf die beiden Freunde zu. Kurz vor ihnen öffnete er blitzschnell dieses Körbchen und warf es auf den Boden. Heraus schlängelten sich zwei hungrige Sandvipern, welche sich sofort in Richtung Eberhart und Frank in Bewegung setzten.

»Um Gottes Willen Frank hau ab, getrennte Richtung und versuch die Schlange mit Jackett oder Hemd zu verwickeln und abzulenken!« Das war alles, was Eberhart noch schreien konnte, dann sprangen beide wie besessen durch den Sand. Sie versuchten im Zickzack zu laufen. Während des Laufens entledigten sie sich zunächst ihrer Jacketts und ihrer Hemden, um sie über die Schlangen zu werfen. Das brachte ihnen zwar einen kleinen Zeitgewinn, aber die Reptilien hatten sich sehr schnell wieder befreit und setzten ihre Verfolgung fort. Es dauerte nicht lange und die Kräfte der beiden Freunde ließen rapide nach. Die Sonnenglut und der Sand raubten den beiden so viel Kraft, dass sie immer langsamer wurden und letztendlich stürzten. Sie waren schon so erschöpft, dass sie den Biss gar nicht mehr spürten. Sie fielen in eine tiefe Ohnmacht, aus welcher sie auch nicht wieder erwachen sollten. Sie waren inzwischen etwa 1000 Meter von ihrem Auto entfernt. Ein Biss der Sandviper ist allerdings auf keinen Fall tödlich. Aber das haben die beiden nicht gewußt. Verstorben sind die Freunde vermutlich an der Entkräftung in der höllischen Sonnenglut, in Verbindung mit einem schweren Schock.

Die beiden Araber beobachteten vom Auto aus mit ihren Ferngläsern den Todeskampf der beiden Freunde. Als alles vorüber war und sie sicher sein konnten, dass die beiden tot waren, sammelten sie ihre Gegenstände sorgfältig ein, bestiegen ihre Kamele und ritten davon. An den Gegenständen im Auto haben sie sich nicht vergriffen. Es war offensichtlich alles so angelegt, dass es nach einem Unfall aussehen sollte.

Nach kurzer Zeit stellte sich eine unheimliche Stille an diesem Ort ein, fast eine friedliche Stille. Das Situationsbild war entsetzlich. Mitten in der Wüste stand ein Auto mit offenen Türen und etwa 1000 Meter davon entfernt lagen an unterschiedlichen Plätzen zwei junge Männer – tot.

Nach wenigen Stunden kennzeichneten vier hoch in der Luft kreisende Geier diesen grausigen Ort. Majestätisch zogen sie ruhig ihre Kreise, den Boden immer beobachtend.

Am nächsten Tag geht bei der Polizeizentrale in Kairo ein Fernschreiben der Touristenpolizei ein:

»Gestern, am 02.06.67 hat ein PKW Deutschen Fabrikates mit dem Kennzeichen JM-598-99-W, mit zwei Insassen gegen 18.40 Uhr den Kontrollposten Kairo der Wüstenstraße Richtung Alexandria passiert. Laut Information durch den Stammesältesten in der Oase Wadi el Natrun, hat das Fahrzeug in der Oase übernachtet und ist am frühen Morgen mit unbekanntem Ziel aufgebrochen. Es gibt keine Ankunftsregistrierung. Ende.«

Die Polizei richtet zunächst routinemäßig, wie immer in solchen Fällen, eine Anfrage an die Tankstelle der Raststätte in der Nähe der Oase Wadi el Natrun. Der Tankwart erinnert sich sofort an den freundlichen Europäer, der so gut Arabisch sprechen konnte, kann aber keinerlei Angaben zu deren Ziel oder Verbleib machen. Er wusste nur, dass das Fahrzeug in die Nebenstraße Richtung Wadi el Natrun abgebogen ist.

Gedankenverloren steht der Tankwart nach diesem Telefonat wieder an der Tanksäule und wundert sich, dass immer wieder europäische Touristen die Gefahren der Wüste unterschätzen oder ignorieren. Zufällig schaut er dabei zum Himmel und sieht in nordwestlicher Richtung vier Geier über der Wüste kreisen. Ein Schreck durchfährt ihn wie ein Blitz. Natürlich weiß er, dass dort genausogut ein krankes oder verendetes Tier liegen könnte, wo die Geier kreisen. Aber nach dieser Suchmeldung der Polizei schrillen bei ihm im Kopf sofort die Alarmglocken. Deshalb ruft er sofort bei der Polizei an und meldet den ungefähren Ort der gesichteten Geier.

Die Polizei startet sofort eine Suchaktion. Zwei Hubschrauber, zwei Mannschaftswagen und ein Sankra mit Arzt beteiligen sich daran. Es dauerte auch nicht lange bis die beiden Leichen und das verlassene Fahrzeug entdeckt wurden. Der Arzt konnte nur noch den Tod feststellen. Die ersten Überprüfungen durch die Polizei ergaben, dass das Fahrzeug voll funktionstüchtig war. Es lag weder ein technischer Fehler, noch Benzinmangel o.ä. vor. Lebensmittel- und Trinkvorräte waren reichlich vorhanden. Es ist absolut kein Grund zu erkennen, warum sich die beiden Männer von ihrem Fahrzeug entfernt und sich ihrer Kleidung entledigt hatten. Deshalb wurde sofort die Kriminalpolizei eingeschaltet, welche auch innerhalb kürzester Zeit am Ort des Geschehens eintraf. Erst nach Abschluss der Aufnahmearbeiten durften die Leichen und das Fahrzeug abtransportiert werden.

Etwa nach vier Wochen waren die Untersuchungen der Kripo abgeschlossen. Danach wurde folgender Polizeibericht veröffentlicht:

»Die zwei Deutschen Staatsbürger, Eberhart Vertan und Frank Tußmann, beide zur Zeit in Kairo polizeilich gemeldet, versuchten leichtsinnigerweise am 03.06.67 mit ihrem PKW Typ VW,

Kennzeichen. JM-598-99-W die Wüste von der Oase Wadi el Natrun aus in Richtung Marsa Madruk zu durchqueren. Etwa auf halber Strecke hatten sie einen Motorschaden und blieben in der Wüste stecken. Da die Trinkvorräte zu Ende waren, versuchten sie zu Fuß die nächste Ansiedlung zu erreichen, was ihnen jedoch nicht gelang. Wegen völliger Entkräftung konnten sie ihren Weg nicht fortsetzen und sind in der Wüste verstorben.

Die sorgfältig durchgeführten Untersuchungen ergaben keine Hinweise auf Fremdeinwirkung. Es liegt eindeutig ein Unfall vor, welcher durch das leichtfertige Verhalten der Männer selbst verschuldet wurde.

Die Ermittlungen wurden eingestellt.

gez. Kommissar Mahmut El Farag

Zum Zeitpunkt der ersten Suchmeldung findet ein Arbeitskollege von Eberhart Vertan dieses mysteriöse Testament in seinem Schreibtisch und schickt es an dessen Vater nach Riesa. Dieses Testament löst erhebliche Verwirrung aus. Jeder glaubt ja, dass Eberhart einen Pfingstausflug in Richtung Süden gemacht hat. Wieso ist da plötzlich ein DDR-Bürger dabei? Und wieso sind die in der Wüste, im Nordwesten des Deltas, verunglückt? Fragen über Fragen, aber keine Antworten. Recherchen aller Art, ganz gleich von wem, werden rigoros unterdrückt. Es wurde niemals festgestellt, welcher Geheimdienst hinter dieser Sache steckte. War es die Stasi der DDR, die einen Verräter los werden wollte? War es der BND der BRD, der ebenfalls gegen einen Verräter vorgegangen ist? Oder war es der ägyptische Geheimdienst, der einen Auslandsagenten ausschalten wollte? Man wird es nie erfahren. Das wirkliche Geschehen wurde nie aufgeklärt.

Gedankenverloren stand Fred Rastel Anfang 1969 in Kairo auf dem Koptischen Friedhof am Grab von Eberhart Vertan. Er hatte das Grab ausfindig gemacht und im Namen des Vaters von Eberhart Blumen darauf gelegt. Die Sonne schien genauso schön wie immer über Ägypten, als wäre nie etwas geschehen. Das, was er bisher in Erfahrung gebracht hatte, konnte er gar nicht so richtig glauben, aber die sichtbaren Tatsachen sprachen dafür, dass es tatsächlich so war. Da erschienen plötzlich links und rechts von ihm zwei Schatten. Hinter ihm standen zwei Araber, europäisch gekleidet, mit Anzug, Turnschuhen und Sonnenbrille. Zwei Hünen von Gestalt.

»Was tun Sie hier,« fragten sie in bestem Englisch.

»Ich lege Blumen auf dieses Grab, die sind von seinem Vater.«

»Wir beobachten Sie schon längere Zeit, Sie waren auch schon bei Frau Vertan und auch in der Ledergasse in Khan el Khalili.«

»Bei Frau Vertan habe ich Grüße von ihrem Schwiegervater ausgerichtet und in der Ledergasse war ich einkaufen, genau wie in der Gewürzstraße.«

»Der junge Mann hier ist leider bei einem selbstverschuldeten Unfall um's Leben gekommen. Versuchen Sie nicht, weiter darin rumzustochern, das könnte sehr ungesund für Sie sein.«

»Ok« war alles, was Fred Rastell darauf antwortete. Mit einem unangenehmen Gefühl verließ er diesen Gottesacker.

Er war heilfroh, als er wieder im Flugzeug Richtung Heimat saß. Er war nun mal kein James Bond und wollte es auch nicht sein.

E n d e